KB021884

유유의 시집 제9탄은 사진과 시를 연결한 디카시 모음

- 평범한 일상생활에서 눈에 뜨이는 모습을 사진에 담은 후
이와 연계되는 사회 풍자나 느낌을 5행 이내의 짧은 시로 표현한 작품 -

보고 느낀 이야기

오고 가고 지나가다가 만나는
순간적인 형상을 사진에 담아
인생, 꿈, 세월 등
12개 항목으로 나누어
사진에 적합한 주제를 찾아
짧은 언어로
풍자한 내용으로써
주로 제주도에서 보이는 대상

사진과 짧은 시의 연결

요즘엔 누구나가 휴대전화기를 갖고 다니고 아울러 휴대폰에 장착된 카메라를 사용해 수시로 사진을 찍는 일이 많아졌다고 하지요. 그냥 폰카라고 부르는 그 성능도 화소 수가 엄청나게 높아지는 등 갈수록 좋아진다고 합니다.

그래서 그런지 언제부터인가 사진에 담은 모습에다가 간단한 언어를 연계시켜 표현을 극대화하는 디카시라고 부르는 새로운 영역의 작품 활동이 생겨났고 나아가 디카단시조도 그 참여자가 늘어나는 추세인가 봅니다.

문학세계에서 디카시가 등장한 지 십여 년이 지났지만, 문단에서는 지금까지도 문학의 한 장르로 인정받지 못하는 분위기인데 새로운 영역을 넓혀 디카단시조까지 등장함으로 인해 거부감이 있을 것 같기도 합니다.

우리나라의 사진 동호인 모임 중 '인디카'라는 이름이 있는데 인터넷과 디지털카메라를 합성한 용어로써 인터넷 사이트에서 가장 활발한 활동이 이루어지고 있다고 합니다. '디카시'란 말도 디지털카메라와 시를 합성해 생긴 용어인데 참여 문인도 많아지고 지역별 문학단체도 생겨나고 있는 것 같습니다.

한국문인협회에서는 아직 디카시 분과를 만들어 놓지 않고 있는데 문학 활동을 하면서 형식을 무시할 수는 없지만, 너무 매여서도 안 될 것이라는 생각도 듭니다. 문인도 사진작가가 되고 사진작가도 문인이 될 수 있겠지요.

보통 사진과 글을 연계해서 만들어 낼 때 그냥 포토 포엠(photo poem)이라고 하면 그러려니 하면서 지나갈 일이지만 디카시라는 명칭을 사용하여 시집을 펴내는 것은 제주도에서 만나는 다양한 모습들을 해학적인 글로써 소박하게 다뤄 보고자 함이랍니다.

2024년 봄
臨眞齋에서 유유

|목 차|

그렇고

그렇게 사는 인생!

제1부

인생

새해 서광을 기대

새해엔 늘 새 희망 새 각오
결국엔 역시나가 될지라도 혹시나 하는 마음
그러면서 며칠만 지나면 원위치

다 그렇게 사는 거지 뭐!

성산일출(城山日出): 영주 십경 중 제1경으로 제주도 최동쪽 끝인 성산포의 해돋이 광경이
다. 커다란 하나의 돌덩어리로 이루어진 해발고도 182m의 성산은 산세가 매우 험준하고, 1
만여 평이나 되는 정상 분지의 가장자리에는 속칭 99개의 작은 봉우리가 톱니 모양으로 늘
어서 있는데. 이 정상에서 바라보는 해돋이 광경이 참으로 장엄하여 일출봉(日出峰)이라고
부른다. (두산백과)

고난의 길

한 많은 미아리 고갯길도 아니건만
요즘 힘들다

그래도
희망의 길로 이어지기만을 간절히 바라노라!

언제는 이 정도의 시련을 겪지 않았나
어려움은 한순간
봄이 저어기 보이는 것 같으니 힘내라고 하나 보다

어머니

그곳에 가시었어도 여전히 일하고 계시겠지요
어찌하오리까
대신하지 못하는 마음만 갈기갈기 찢어진답니다
·
·
·
가끔은 쉬어주십사고 만 해보나이다!

꼰대의 고민

현대화 따라가기가 뭐 그리 어려울까만
숨이 차기는 하다

젊은이들처럼 새로운 방식으로 살고도 싶건만
그놈의 정체성이 무엇인지!

감정이 상해 등지고 있는 것처럼 보일 수도 있고
서로 등을 맞대고 의지하는 것으로도 해석 가능하다

갈등의 시작

지는 것이 이기는 것이다
말로는 쉽지
나를 버리고 나면 무엇이 남을 것인가

그래서
아무나 성인이 되는 것은 아니다.

과례(過禮)는 비례(非禮)라

닭살
공손한 것은 좋은데 너무 능청스러워
나갈 때까지 지갑을 꼭 잡고 있어야 할 것 같다

그래도 결국 털릴걸!

– 사진: 금릉석물원 조각상 「실례의 순간」 –

바람아

결코 원망하지 않고
적응하면서 더불어 살려고 노력하였건만

어떤 땐 정말 밉구나!

기가 막혀

저기 저쪽이라고 가르쳐주는데
왜 손가락을 쳐다보나
… … … …

알려 주는 것도 한두 번
이젠 팔이 아프다.

가시밭길

그렇게 살아왔는데
얼마나 더 아파야 하나

레드카펫이란 곳도 있다고 하던데
꿈이라도 꾸어봤으면!

폐품 재활용 아이디어는 좋으나
평생 험한 길 다니며 주인 위해 헐고 닳도록 봉사했는데
선인장 가시와 다시 더 살아야만 하다니!

노심초사

이번 명절에 아이들 와도 걱정
안 와도 걱정

요즘 날씨는 왜 꼭 요 모양 요 꼴인가
늘 걱정이 태반

그렇고 그렇게 사는 인생!

푸르름의 차이

파란 하늘과 연두색 잔디밭

시퍼렇게 짙어가는 숲과 늘 검푸르기만 한 바다

오월은 푸르구나 유월은 신록의 계절

.

.

.

젊음이라고 다 같은 모습은 아니겠지!

가깝고도 먼 당신

차라리 안 보인다면 상상으로 그려 보련만
눈앞에 아른거리니
아니라고 도리질도 못 하는 신세
·
·
·
허상과 실체의 구분 기준은 무엇일까!

〈제주도 북쪽에 있는 무인도인 다려도, 등대와 정자가 있다〉

살다 보니

어찌 이런 날이 올 줄이야

영감! 우리가 60년 살고 나니 부부 평등이 되었네요

.

.

.

빌어먹을! 기가 막히지만 시대가 시대인지라

그냥 참고 있어야지!

탐구열

정치가 어떻고 경제는 어떻고 어지러운 세상
무엇이든 심취하다 보면
배고픈 것조차 잊게 된단다

그래서 세상의 초점을 아름다움에 맞추나 보다!

못난이가 편해

아는 것 많고 가진 것도 많으면
당연히 근심도 많겠지
똑똑한 등신 머저리들이 참으로 많아

조금 못나면 편한 것을!

예전엔 똑똑한 사람이 대우받았지만 이젠 가장 먼저 퇴출 대상이라고 하고
좀 어수룩하게 보이는 사람이 이기는 것이랍니다.
히히 해해

바닷가 소로

지름길 필요 없고
복잡하고 시끄러운 대로도 잊으라 한다
이런저런 생각도 해가며 호젓하게 걸을 수 있는 꽃길
… … … …

정말 그런 인생길이 있을까!

야외 취미 활동

온몸이 찌 뿌듯
비가 그쳐서 바닷가에 나갔더니
사진도 승마도 낚시도 그냥 걷기도 보이더라
그동안 왜 방콕만 했던가

.

.

.

내 인생 돌려달라고 말할 자격이 있나!

엄살 부러지 마

걸핏하면 우는소리 한다
참을 땐 언제나 참아야 하는 줄 알면서도
앓는 소리 내는 것은 습관성
… … … …

몽둥이가 약이 될까!

외길 인생

다른 길은 없어서 할 수 없이 걸어왔는데
성공이니 감동이니 칭찬한다

누구는 바보가 되고
누구는 영웅이 되는 길 타령.

인생길 가다 보면 수도 없는 갈림길 있다 해도 다른 길은 못 보았는데
선택의 기회가 있었든지 없었든지 간에 결과만 따진다.
인간은 90% 이상이 주어진 길을 걷는다고 한다

틈새의 해석

틈새를 노려라
좋은 말일까 나쁜 말일까
오죽했으면 틈새 전략을 생각해야 했을까
… … … …

남을 위해 너무 빡빡하게 살지 말라는 이야기!

주어진 환경이나 여건이 좋으면 결코 틈새란 말을 사용하지 않을 것이기에 기본적으로 틈새
는 부정적인 의미를 내포할 가능성 다분하지만, 틈새를 놓치지 않고 활용하려는 존재가 있
어 틈새 전략이라는 용어도 나왔음에 따라 무슨 일을 하든 너무 빡빡하지 않고 조금은 여
유를 남겨 두어야 다른 존재가 그 틈새를 활용할 수 있다고 하나 보다. (사진은 나무 데크
길의 틈에서 살아난 보리수나무)

바위 눈물

남자는 평생 세 번만 울어야 한다고 했지만
살다 보면 울고 싶을 때가 많이 생기게 되는데
누가 대신 울어주려나

.

.

.

고맙다 바위야!

코에 대한 오해

인간 외형 중심은 코라고 했다
코가 얼굴의 가장 중앙에 있고 자존심과 인품과 아름다움의 핵심이기에
단연코 사람에겐 코가 최고라 할 수 있다

·

·

·

가끔 오해받을 때도 있긴 하지만!

등짐장수

다시 인정받아서 새로운 역할을 해야 한다고 위안 삼아야 할까나
주어진 능력이나 본연의 업무와는 무관한
광대의 기분

.

.

.

새우젓이나 조개젓 사~~려!

꽃밭에 살으리랏다

높은 지위 뽐내더냐
그 많던 돈은 다 어디로 갔다더냐

험난한 인생살이 돌아보니 티끌이라

어허라 홍진을 털어내고
꽃밭에 살으리랏다.

꿈일까

아니면 희망과 사랑일까

제2부

꿈

마음 닦기

마음을 세탁하는 곳이 따로 있다면
세제도 풀어 넣고 빨래판에 박박 밀어 때를 뺀 후
가슴에 다시 넣으련만
… … … …

하긴 요즘엔 닦아야 할 마음조차 없다고 하네!

* 사진 해설: 전국에 세심정이라는 이름을 가진 정자는 무수히 많다. 역사적으로 유명한
것부터 시작해 잘 알려지지 않은 작은 정자까지 각지에 존재한다. 그만큼 선비들은 정자에
대해 마음을 씻는, 또는 마음을 닦는, 나아가 사회적 욕망을 버린다는 의지와 연관시키려
했다. 사진 속의 정자는 사려니오름 숲길에 있는 정자 모습이다.

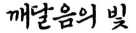

깨달음의 빛

어둠의 질곡에서 간절하게 찾아다니던 빛
방황의 길
모든 것이 다 허상의 종착역이었던 모양이다
… … … …

깨달음이란 내 마음속에 있었기에!

* 깨달음이란 지식적 또는 학문적으로 어떤 것의 원리나 비법 등을 알았다고 할 때도 사용하는 말이지만 동양철학에서는 주로 마음의 평화나 번뇌에서의 해방을 지칭하기도 한다. 깨달음은 얻으려면 그 얻으려는 의도 자체도 버려야 한다는 말이 자주 등장하며 깨달음을 얻으려고 절치부심하다가 우연히 누군가 던진 화두 혹은 어떤 상황에 의해 갑자기 깨닫게 된다는 말도 있을 정도로 쉬우면서도 어려운 말이다. *

파란 하늘

어디에서 맑고 푸른 하늘을 보아야 하나
냄새는 어떻고 맛은 어떠할까

마음 깊숙이 느껴지는 파란 하늘이란
꿈속에 있었다네!

고 독

철저한 침묵의 시간 흐르고
명상의 한계점에서
아슬아슬한 균형이 비틀거리는 순간

혼자임을 깨닫는
특별한 누군가의 삶이 있었다.

교 감

지금은 조금 떨어져 살지라도
전생엔 무척 가까운 사이였을 것 같은
그런 느낌

·

·

·

후생에선 새로운 관계로 이어지겠지!

기다림

그리움은 눈물 먹고 자란다고 했는데
작은 이슬방울조차 바람이 가져가는 바닷가
그래도 있고 싶은 마음
·
·
·
기다림이 허상이 될까!

청승 떨지 마

그게 아닌데
외롭지도 슬프지도 않고
사업에 실패한 것도 실연당한 것도 아니란 말이다
그럼 뭐

내 마음 나도 몰라!

갠 날의 구름

정말로 긴 장마가 끝난 것일까
그림이나 그려보자
맑게 갠 푸른 하늘의 구름은 신이 난 모양

우리네 사회도 그랬으면 좋으련만!

우도와 성산항 사이의 바다는
날씨가 나쁠 경우 배 운항이 중지되다가
다시 좋아지면 활발한 움직임이 보인다

경쟁과 조화

누구나 늘 강조하는 참으로 좋은 말이건만
어렵다
모든 인간은 조금씩 서로 구분되기 때문에
좋을 수도 나쁠 수도 있음에

더 어렵다!

인간은 서로 경쟁을 해야 사회가 발전한다고 한다.
그러나 지나친 경쟁은 곧 파멸로 직행하기 때문에
더불어 사는 조화가 필요하다고 하지만 쉽지 않은 일이다.
서로 잘났다고 하는 입장에선 양보가 필요한데 욕심이 문제다.

공든 탑

와르르 억장이 무너져 내리는 순간
정성이 부족했나 믿음이 부족했나
바람을 무시했고
지진도 몰랐고
                    ·
                    ·
                    ·

하긴 무너지니까 탑이라고 하거늘!

멍청이로 살기

왜 그렇게 사느냐고 했는데
이젠
서로 그러려고 한단다
·
·
·

속 편한 게 최고라나!

바다의 별빛

하늘에 뜬
별 하나 나 하나 별 둘 나 둘
바다에 떨어진 별 몇 개
요즘엔 마음속의 별이 별로 없다고 하던데

별을 주워서 간직하기 어렵기 때문일까!

땅바닥의 노란 별

꿈일까 아니면 희망과 사랑일까
수많은 노란 별
돈에 눈먼 사람은 다 황금으로 보일 것
… … … …

땅바닥 여기저기에 정말로 금별이 있다면!

멕시코돌나물: 국가생물종 지식정보에는 "잎은 어긋나고 돌려난다."라고 하는 등 돌나물 종류나 땅채송화 등과 비교될 만한 내용 없이 간단하게 기술되어 있다. 다른 자료에 보면 다육식물로 원예종이었는데 밖으로 나와 야생화된 것이 논문을 통해 이름이 붙었다고 한다. 제주도 구좌읍 시골 길가에 매년 번식하고 있는 것을 대표적 존재로 여긴다. 돌나물 꽃말은 '근면'

별이 최고

군대에서는 가장 높은 지위를 상징하는 장성
연예계에서는 인기를 먹고 사는 스타
이젠 과학적 접근의 천체

그러나
어린이 마음속의 반짝반짝 작은 별이 최고라 하겠다.

〈제주시 봉개동 절물자연휴양림 입구에 있는 별 모습의 나무 조각 작품〉

정신 차리기

사람은 자주 착각과 환상 속으로 빠진다는데
꿈과 현실이 바뀔 수도 있을까나
가끔은 그러고도 싶은 마음
...

비바람 몰아칠 땐 다리를 굳게 세우라 했거늘!

창 천

꿈일까
희망일까
꽃구름도 새끼별도 있는 듯 없는 듯

그래 마음속에 있었구나!

창천(蒼天)

1. 맑고 푸른 하늘.
2. 사천(四天)의 하나. 봄 하늘을 이른다.
3. 사철의 하늘은 곧 봄의 창천(蒼天), 여름의 호천(昊天), 가을의 민천(旻天), 겨울의 상천
   (上天)을 통틀어 이른다.
4. 구천(九天)의 하나. 저 세계 하늘을 이른다.

베일의 멋

은밀하면 아름답다고 하니
한때는 개나 소나 베일을 쓰려고 아우성치었다
그러나 인터넷 발달로 노출의 시대
… … … …

참 재미없기는 하다.

* 장마철이나 날씨 변화가 많은 날엔 얇은 구름이 많이 내려앉아서 자주 베일을 쓴 모습으로 보이는 제주도 남쪽 바닷가에 있는 산방산 *

빛이 있으리라

칠흑의 세상에선 반딧불도 밝았고
길 잃은 나그네는 희미한 등잔의 불빛이 희망이었으며
만선의 고깃배는 등대가 있어야 했다

어둠의 역경엔 반드시 어떤 빛이 있어야만 하는데
그 빛은 어디 있을 것인가!

절대로 그럴 일이야 없겠지만

만일 하늘에서 태양이 사라진다면

그땐 새로운 불빛을 만들어 낼 수 있을까 궁금하기도 하다네요

별 씰때기 없는 망상

바닷가의 동심

바닷물 옆에선
땡볕이 아무리 쏘아대도 뜨거운 줄 모른다
세상일 잊은 무아의 경지
… … … …

어린이들의 놀이가 곧 철학인 모양!

호랑나비 꿈

인생 잠깐의 즐거움
호접몽은 봄 꿈만 있을런가
호랑나비가 가을에 더 많이 나타난다고 할지라도
일장추몽은 좀 어색하다

나비의 꿈이란 게 참으로 묘한 말!

호랑나비: 날개도 크고 무늬도 아름다워서 우리나라 나비의 대표적인 이미지를 갖고 있는
곤충으로, 3월부터 11월까지 나타난다. 범나비라고도 하며 한자로는 호접이라고 쓰는데 만
화나 영화 그리고 소설과 노래에서도 인용되어 왔다. 애벌레 시절 5~6회 잠을 자는데 꿈을
꾸는지는 알 수 없다. 다만 사람이 호랑나비 꿈을 꾸면 기운이 상승하고 행운이 뒤따른다
고 하는 속설이 전해져 내려온다.

꽃향기 촬영

무슨 사진 찍고 있나요
아! 꿈의 향기를 담아 볼까 한다네요

저 꽃향기를 사진에 넣을 수 있을까요
그냥 희망 사항이지요!

백서향: 천리향으로도 불리는 서향의 일종으로 흰 꽃이 피는 백서향은 우리나라 및 일본 남부지방에서 자라는 종으로, 제주도가 원산지일 가능성이 높다고 한다. 본래 동백동산 지역에 가장 많고 남쪽 곶자왈 지역에서도 자생하였다. 그러나 구좌 곶자왈에는 드문드문하고 저지 곶자왈 입구에는 남채 처벌 경고문이 붙어 있을 정도로 줄어들고 있다. 질병에 잘 견디는 야생 식물이고 열매가 익으면 독을 발산하는 존재임에도 곶자왈 인근 가정집이나 공원에서 더 많이 볼 수 있다. 꽃말은 '꿈속의 사랑'

한여름 밤의 여심

낮엔 너무 더워 집콕
밤이 되면 달이야 뜨든 말든 나가야 하는데
어디로 가야 하나
.
.
.
과연 여심을 훔친 곳이 어디란 말인가!

〈여름철 야간 개장을 하는 에코렌드〉

늦가을 저녁놀

가을 녘 황혼의 하늘은 아름답기만 한데
무언가 허전해
지상의 고운 단풍빛을 모두 회수해 가서 그런 것일까

·

·

·

영화가 끝날 때를 알리는 모양이다.

겨울딸기

전설은 꿈
귀 쫑긋 세우고 무릎 종종 다가갈 때
옛사람은 나지막하게 속삭이니
열리는 가슴

그래서 효심이 숨어 있는 겨울딸기!

겨울딸기: 한라산 중산간 숲속 바닥에 바짝 붙어 자라는 상록 덩굴성 반관목으로 제주도에서는 한탈, 저슬탈로 부르기도 한다. 가을에서 겨울에 이르기까지 빨간 딸기를 맺어 겨울딸기라는 이름이 붙었다. 8월에 흰색의 꽃을 피우고 열매는 식용 가능하며 한매엽과 한매근이란 약명으로 강장제 등 다양한 분야에 사용되었다고 한다.

야속하다고 해도 별수 있나

그것이 세월인 것을!

제3부

세월

이른 새벽

빛에 대한 짧은 눈의 적응 시간을 무시하면
넘어져 피 흘린다네

그래서 곧 밝아진다고 할지라도
너무 일찍 가로등을 끄지 말라고 했다던가

시간의 흐름은 어려워!

삘기의 추억

자연이 준 껌
씹을수록 신선하고 달콤하고
오래 묵은 이빨 청소
씹다가 아무 곳에나 뱉어도 괜찮은

잃어버린 시골 먹거리였다.

삘기: 띠라고도 불리는 전국의 산이나 들에서 자라는 볏과의 여러해살이식물로 지역마다
다른 이름으로 불렸다. 풀의 대표적 상징임에 따라 띠로 지붕을 엮어 만든 집을 모옥(茅
屋) 또는 모사(茅舍)라고 하였으며 초가집의 초가(草家)도 띠집이었다가 볏짚으로 만들게
되었다. 도롱이나 삿갓을 만들 때도 썼다. 모옥은 청빈과 서민의 상징이 되어왔고 현직
은퇴나 숨어 산다는 의미를 내포하기도 하였다. 삘기는 크기 전에 아이들의 간식으로 뽑
아 먹었고 약효도 좋아서 해열, 지혈 등에 사용했다고 한다.

지역별 띠의 이름: 강원도 빽삐기, 경기도 삐드기, 충청도 삐삐기, 전라도 삐비, 경상도
삐기, 제주도 삥이, 함경도 삐욱, 전국 공통 삘기와 삐삐.

여고 시절

잠깐 얘기 좀 하자

애들아 들은 척하지 말고 빨리 가자
깨끗한 교복 더럽힐라
… … … …

정녕 그런 시절이 있었던가!

여고생 뒤 따라다니는 불량 학생이 오리의 세계에도 있나 봅니다

서당 선생님

서당엔 나이 든 훈장님이 살고 계셨고
섬마을 학교엔 총각 선생님이 멀리서 오셨었다

무공 수련장엔 사부의 호통소리가 무섭게 들렸고
옳은 길엔 스승의 회초리가 매서웠다

.

.

.

이제는 돈 받고 지식을 파는 노동자만 있다.

〈금능석물원에 있는 서당 훈장의 교육 모습〉

인생 경륜

어른이라고 적으니 꼰대라고 읽는다
옛날엔 이러이러했는데
인터넷 검색하면 그런 거 다 나와요

지혜와 경험의 전수가 필요 없다고 하면
이제 어르신은 없을까!

조금 더 있으면 인구의 절반 이상이 60살이 넘는 시대라고 한다.
그래서 어르신은 없고 세상엔 늙은이만 있게 될 것 같다

녹옥장(綠玉杖)

숲속에 버려진 신선의 지팡이
부러져버린 전설
구름도 안개도 스러지고 차의 향 내음 떠나가니
이젠 더 이상 신화는 없다

참 재미없는 세상.

〈부러진 나뭇가지에 이끼가 붙어 있는 모습〉

녹옥장(綠玉杖): 전설 속에 나오는 신선이 짚고 다니는 푸른 옥으로 만든 지팡이를 말한다.
천제가 사는 곳에 있는 녹옥수 나뭇가지로 만든 지팡이라고 하지만 보통은 푸른 대나무 지
팡이를 지칭하기도 한다. 조선 시대 실학자 이익의 글과 허난설헌의 시 그리고 신위의『자하
시집』에서 등장하는데 꿈꾸는 이상향을 상징하기도 한다.

빨랫방망이

개울가에서 여인은 두드린다
팔뚝이 아플 때까지
한풀이로 패대다 보니 어느덧 할멈

그렇게 세월은 흘렀기에 새로 생긴 빨래방
옛 방망이 그리울까나!

(서답마께: 빨랫방망이의 제주도 사투리)

세월이 다 그래

발자취를 아무리 많이 남겨 봐도
결국은 그림자

.

.

.

야속하다고 해도 별수 있나
그것이 세월인 것을!

1초 폭포

물은 늘 그 물이 아니더라

물이야 다 물이지만 그 물이 그 물만은 아니더라
.
.
.
시작도 같고
결과도 같아지지만
중간의 과정에서는 그 물들은 다르기만 하더라!

오래 줄을 서서

이젠 잡담도 안 하고
들어오고 나가고 새치기도 없어졌다
그놈의 이상한 전염병이 길게 이어지다 보니
… … … …

줄을 오래 서서 그만 돌이 되었구나!

코로나란 전염병으로 인해
약국 앞 마스크 살 때부터 줄을 서기 시작하여
검사소 들어가는 과정까지
이런저런 줄을 섰던 일도 이젠 옛날이 되었다.

꼬인 세월

얼만큼 살았는지 모르지만
세월은 흐르고 흐르고 또 흘러온 것 같은데
이젠 기억도 가물가물
.
.
.

꼬인 삶을 멋으로도 바라보다니!

아직도 장고 중

긴 시간 기다렸는데
허무한 바람 소리만 맴도네
묘수가 없다고 하면 악수라도 나오련만

.

.

.

생각 속 잠들어버린 대책이 고민이구나!

사라져 가는 부채

더운 여름철엔 부채가 효자였는데
이젠 무용지물
선풍기와 에어컨이 미울까

아니, 아니 달라진 용도가 좋다고 한다.

에어컨은커녕 선풍기조차 없던 시절엔 부채가 여름철 필수품이었다. 부채란 손으로 이리 저리 흔들어 바람을 일으키는 도구였지만 땀도 묻고 모기나 파리도 잡고 하다 보니 여름 한 철 지나고 나면 종이가 다 상해서 버려야 하는 존재가 되었었다.

그러나 이젠 용도가 바뀌어 판소리 같은 국악을 공연할 때 소품으로 아주 중요시하는가 하면 줄타기 묘기를 부릴 땐 균형을 잡는 도구가 되었고 여인이 얼굴을 가리는 수단으로 도 작용한다.

무엇보다도 동양화나 서예가들이 작품을 만들어 내는 화선지 역할을 하여 장식품이 되거나 선물용으로 활용되기도 한다.

여름날의 황혼빛

어느 노부부의 사랑 이야기라고 했던가
한때는 치열한 싸움을 했었고
서로 그늘이 되어주었고
그렇게 또 그렇게 험난했던 세월은 흐른 모양
·
·
·
이젠 모든 것이 추억이로다!

장 맛

새끼손가락으로 찍어서 맛을 볼까나

아니 약지로

잘 숙성되었는지 은근슬쩍 물어보니

·

·

·

안 가르쳐줄래!

인생의 가을

왜 가을엔 생각이 더 많을까
항상 같은 것 같으면서도 같은 인생이 아니고
달라 보여도 실체는 같은데 말이다
.
.
.
그런 가을이 또 지나가는구나!

추수철의 논두렁길

여기저기 메뚜기들 뛰어다니고
미꾸라지와 우렁이는 월동 준비해야 하건만
이젠 삭막해진 논배미

낫도 지게도 필요 없고 볏단 보기조차 힘드니
논두렁길 걷는 농부도 사라졌다.

〈제주도에서 유일하게 논농사가 지속되어 쌀을 생산해 내는 서귀포시 하논 모습〉

동백 골목길

예전 같지 않아
흙길도 사라지고 돌담이 시멘트 블록으로 바뀌니
영 다른 동네 되었네
·
·
·
세월 참!

서귀포 지역 동네 모습인데 겨울철 예전엔 마을 곳곳에 돌담을 배경 삼아 토종동백이 꽃을
피우고 있었지만 많은 곳이 돌담 대신 시멘트 블록으로 바뀌고 겨울철이 되면 어느 곳엔 옛
동백 모습보다 애기동백이 더 많아졌다고 한다.

가을 상념

떨어진 단풍잎에 앉아 마음을 같이 하니
속절없는 그리움
소녀와 할머니 사이의 시간 흐름을 계산하는가
… … … …

돌아가서 커피라도 한 잔 마시렴!

약해진 햇살

땡볕에서 햇살로 바뀐 날이 몇 월 며칠이었지
분명 같은 태양의 빛이건만
영향력을 행사하는 느낌은 묘하게 다르다
… … … …

그녀도 나를 그렇게 생각했을까!

한 수 지도

짚신의 터럭 뽑기인데
아마 말을 해줘도 못 알아들을 것 같아

·

·

·

그냥 세월이나 낚아라!

독야청청

웃기고 있네
시대가 어느 시댄데 무슨 놈의 개뿔 같은 절개
남과 어울리지 못하는 괴로움이겠지

세상이 어찌 이리되었는고!

겨울날 마실 가던 길

시루떡 한 접시 들고 마실 가던 길
찐 고구마와 동치미 먹으며
오늘은 무슨 이야기를 들을 수 있을까 기대
… … … …

그런 시절이 정녕 있었던가!

〈제주돌문화공원 내에 조성해 놓은 옛 초가마을의 겨울 풍경〉

눈 녹을 때

눈이 녹으면 눈물이 되고
눈물은 사랑의 씨앗
그러면 고드름은 사랑의 열매란 말인가

·

·

·

겨울이 가는 모양이구나!

살다 보면

그런 일이 많을 것

일 상 생 활

새해의 기대

올해엔 꼭 멋진 장거리 해외여행 가기로
이런저런 희망, 기대, 바램, 소원
그런 생각을 늘 하던 때가 있었는데
...

갈수록 새해가 없어지는 것은 왜 그럴까!

매년 새해 첫날이 되면 서귀포시의 여러 지역에서 일출 장면을 보기 위해 사람들이 몰려든
다고 한다. 사진은 서귀포 시내 황우지 해변의 해돋이 순간을 보려는 사람들.

여름 정리

〈이호해수욕장〉

자~알 놀았겠지
휴식은 더 낳은 발전의 계기가 되어야 한다고 했으니
이젠 흔적 남기지 말고 깨끗하게 정리

·

·

·

보이지 않는 추억 쪼가리조차 파도가 가져간다!

같은 생각

결코 아닌데
왜 그렇게 싸잡아 취급하는지 모르겠다
·
·
·
정치인에게 못된 것만 배웠어!

길을 묻다

누가 누구한테 물어보는데
그리고 진짜로 길을 몰라서 묻는 것인가
대낮에 등불이라도 들었으면 철학자라 해주겠는데

·
·
·

네비양이 어리둥절해 한다.

매화차 한 잔

맑은 정신

깨끗한 육체

심신을 편하게 해주는 향기

… … … …

그런데 몸을 망치는 술보다 인기는 없다!

배고파

차라리 안 보이면 좋았으련만
배고픈 몸이 찬밥 더운밥을 가릴 수도 없는 처지인데
이 무슨 시련인가 말이다
·
·
·
전생의 업보가 너무 컸을까!

버려진 냄비

냄비를 잘 사용하고 있는가
대충 써먹다가 닦기 귀찮아 버려진 멀쩡한 냄비가 있다면
얼마나 서러울까나
… … … …

냄비 쌓아 놓는 여자의 손이 떨린다.

쌀밥과 잡곡밥

가난했던 옛날엔 흰 쌀밥이 동경의 음식이었건만
이젠 타도의 대상
무조건 잡곡밥만 먹어야 한다고 소리친다
… … … …

지구 상 최고 많은 논농사는 어찌하란 말인가!

엿장수 마음대로

민주주의 세상에선 누구도 함부로 하지 못하도록 법으로
그런데 그 법을 마음대로 만들면
엿 먹어라지
… … … …

그래서 엿 더 먹겠다고 싸움판만 늘어난다.

장독대란 말

식당 이름이 가장 많고
그다음은 옹기나 항아리 같은 그릇의 판매

정갈해야 했다
손맛과 장맛은 어머니와 할머니의 그리움이라는데
이젠 꿈속에만 있을 것!

버러자니 아깝고

살다 보면 그런 일이 많을 것
과감히 버리면 더 좋은 새로움과 발전이라는데
알면서도 어렵다

그냥 그렇게 좀생이로 살아온 인생!

포도 뮤지엄에서 전시되었던 「주소」란 제목의 작품.
부부이자 듀오 아티스트로 활동하는 '알프레도 & 이자벨 아퀼리잔'이 택배 상자 140개를
쌓아 올려 만든 설치작품으로 "이주 공동체의 고단한 삶을 은유한다."라고 하고 있다. 이들
은 필리핀에서 태어나 호주로 이주했는데 생활용품 등으로 다양한 주제를 시각화하는 작업
을 해왔다고 한다.

신발의 하소연

그토록 한평생을 주인에게 봉사하였건만

마지막엔 버림을 받아야 한다니

몹쓸 인간들

·

·

·

신발이 발끈해 봤자 신발끈이라니 더 억울해!

몸짓의 해석

아기와 동물들의 움직임에선 뜻을 읽을 수 있어도
현대무용의 춤사위를 이해하기 어려운 것은
왜 그럴까

·

·

·

말과 글자가 더 오래된 보디랭귀지를 먹었다고 하더라!

비가 갠 날

무엇을 해야 할까
이 옷을 입고 나가 볼까나 저 신발 신고 나갈까나
산에도 가야 하고 바다에도 가야 하고
할 일이 너무 많구나

망건 쓰다 장 파할라!

시원한 파도

어떤 땐 무섭기만 한 그런 파도였는데
뜨거운 날엔 착한 존재
근질근질한 피부를 적당하게 긁어 주는 시원함
.
.
.

늘 그런 마누라라면 얼마나 좋으련만!

바람 쐬러

산으로 갈까나 바다로 갈까나
참으로 쉬운데도 어려워

·

·

·

바람아, 바람아
창가로 살짝 와주면 안 되겠니!

어반 스케치

순발력이 중요하고
현장감도 있어야 하고
기왕이면 꽃의 향기까지 담을 수 있으면 금상첨화

집중력 떨어지니
근처에서 얼쩡거리지 말란다.

존재 가치

크고 잘 뻗은 곧은 나무는 만 원대
이리저리 제멋대로 생긴 기형아 나무는 억대
사람도 마찬가지
… … … …

참 알다가도 모를 세상 되었다.

종종걸음

시간이 없나
마음이 바쁜가

뛰는 놈 위에 나는 놈 있다고 하지만
우리는 그렇게 살아왔고
또 그렇게 살아가야 하는 일생!

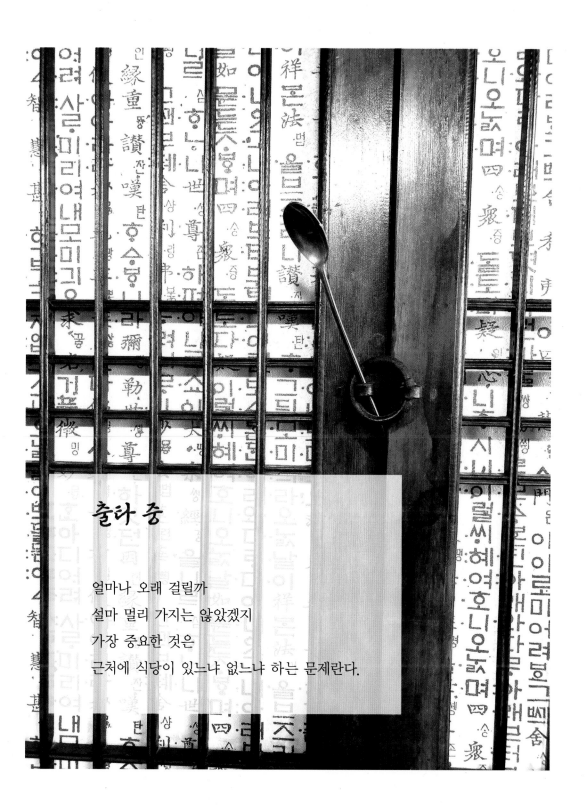

출타 중

얼마나 오래 걸릴까
설마 멀리 가지는 않았겠지
가장 중요한 것은
근처에 식당이 있느냐 없느냐 하는 문제란다.

전통과 미신

간절히 바라면 소원이 이루어진다
기도하라
무속신앙이 과연 무엇

강제로 막았는데 이젠 돈 준다고 해도 안 한다.

전국 지역별로 동네 사람들이 도당에 모여 그 마을의 수호신에게 복을 비는 굿을 하였는데 이를 당굿이라고 하고 생활여건이 척박한 바닷가 특히 섬이나 험준한 산악에 자리 잡은 마을에서 역사적으로 전통적으로 성행했다고 한다.

그런데 조선 시대 유교의 영향으로 많이 억제되면서도 꾸준히 살아남다가 해방 후 이승만 정권 당시 기독교의 압력으로 비판을 받고 새마을운동으로 인해 거의 다 사라지게 되었다고 한다. (사진은 비양도 펄랑못 습지에 있는 술일본향당)

폰카 더세

요즘은 누구나 쉽게 사진 찍을 수 있는데

세균을 확인하고
우주의 성운까지도 관찰할 수 있다면
… … … …

카메라 회사 문 닫는 소리 들린다.

미안한 줄 모르지

물에 빠진 골프공만 아까워할 뿐
평화롭게 놀고 있는 오리의 머리 깰 뻔했다는 사실
조금도 모를 거야

.

.

.

세상 그런 인간들 너무 많아!

폼생폼사

몸에 좋은 운동 시간을 가져라
열심히 걸어야 하고 스코어도 신경 써야 하지만
그래도 필드에선 멋과 아름다움
옷 잘 입고 폼이 좋아야 한다나

.
.
.

꼴값 정말 웃겨!

사회가 어지러울 땐

더불어 사는 것이 지혜인 것을!

제5부

사회

꽃 도둑

꽃의 아름다움은 눈을 유혹하고
향기는 코를 부추기니

.

.

.

손을 붙잡는 마음만이 아프구나!

꽁지머리

멋이란 바람에 날리는 머리카락에서 나오고
가는 햇살에 낭만이 반짝인다

그래서 연예인인가 예술인인가를 따지는데
갑자기 말총머리가 튀어나오네

꽁지가 머리에 달렸나!

세금 파편

설마 여기까진 괜찮을 줄 알았는데
알갱인 한없이 날아다닌다

의무라기에 고스란히 맞아야 하지만
아파 누울까 걱정!

고 느낌 이야기

등 돌리기

이유야 있겠지만 함부로 돌리지 말라
등지고 사는 것은
험난한 인생살이

사회가 어지러울 땐
더불어 사는 것이 지혜인 것을!

배신자

언제까지 지는 해를 쫓아다닐 것인가

새로 뜨는 강렬한 태양에게 기대고 싶은 마음
선견지명으로 이해해 주라

.

.

.

빌어먹을!

불편한 테이블

대화를 하겠다는 것인지
쇼인지
의중을 알 수 없을 땐

혼자 자판기 커피나 마시자!

오리무중

장마철엔 여기저기 안개가 자주 끼지만
말 그대로 한 철 지나면 원상회복
… … … …

안 보이는 유언비어도 잠시면 사라진다고 하지만
피 흘린 상처가 문제다.

인어의 석경

왜 말도 안 된다고 할까
인어도 예뻐지고 싶고 멋도 내고 싶은데
추울 땐 해녀가 버린 옷도 주워 입어야 하거늘

더 말도 안 되는 여자들에게 배웠어!

우쉬
그래도 그렇지, 배울 것을 배워야지

횟감 물고기

제주도에서는 다금바리가 최고라고 하지만
언론에서는 대개 특정의 인물
그 사람

요리조리 살펴보고 뜯어보고 회를 치다가
나중엔 고개 돌리고 버린다.

옛 동네의 겨울

마실가야 하는데
오늘은 누구네 집에서 모이는지 다시 한번 확인하면서
무슨 이야기가 오고 갈까 기대
·
·
·

무엇을 챙겨가야 할까 고민이로다!

인재 고르기

평소엔 뛰어난 인물이 많은 것 같았는데
막상 찾다 보니 다 똑같아 보여
결국은 옆 사람

"너무 고르다가 눈먼 사위 얻는다."라는 속담이
왜 자꾸 떠오를까!

좌고우면(左顧右眄)한다는 말이 있다. 왼쪽을 돌아보고 오른쪽을 곁눈질하느라 옳은 방향으로 과감하게 결정하지 못하고 망설이는 태도를 비유하는 고사성어다. 인재를 등용하는데 훌륭한 인물이면 되거늘 이 눈치 저 눈치 보아야 하는 것이 오늘날의 현실이기에 결국은 측근을 쓰게 된다.

누가 구해주랴

조심하라고 분명히 예보했다
나머지는 자기 책임
… … … …

세금 낸 놈만 억울하다고 하지 말라
세상 다 그런 줄 알면서!

착각의 시대

도시에도 보름달이 뜨건만
그냥 전깃불이려니 무심코 지나치네
… … … …

등잔불과 도깨비불의 시대가 가버리니
밝은 달은 재미없어라!

〈보름달과 신호등과 가로등이 일직선 상에 있어서 무심코 지나치게 된다〉

짝 발

짝발 짚지 말라고 했다

… … … …

구령이나 똑바로 붙이라고 해라

잘 들리지도 않으니

제멋대로 갈 수밖에 없단다!

알박기

좋은 말일까 나쁜 말일까
내가 하면 대박이요
남이 하면 악덕이다

본래부터 그렇게 되었다면
그건 좀 머리 아프다.

묘기 대행진

아슬아슬하니 관객은 마냥 즐거워
그것은 배우가 여러 사람에게 나누어 주는 생명줄
광대가 일찍 죽으니 동물을 내세우다가 몽둥이 맞고
… … … …

돌이 하면 재미없다고 하겠지!

흥행의 보증수표라고 하는 서커스는 공연자의 위험 등으로 인해 점차 줄어들고 있다. 고대 로마 시대부터 시작된 서커스 공연은 마술, 묘기, 동물 쇼, 팬터마임 등 여러 유형의 구경거리로 발전하여 세계 각국에서 시연되고 있으나 사고가 자주 발생하고 위험이 상존함으로 인해 현대에 들어 극히 제한적이라고 한다.

큰도둑놈의갈고리

작은 도둑은 깜방에
큰 도둑놈은 고위직에 앉아 있는데
큰도둑놈의갈고리는 날카로운 갈고리를 갖고 있어도
그냥 모른 척한다네

인간에게 배웠지!

도둑놈의갈고리: 산이나 들에서 자라는 다년생풀로 큰도둑, 개도둑, 애기도둑도 있다. 여름
철에 핀 분홍색 꽃이 가을철에는 선글라스처럼 생긴 갈고리 달린 씨방으로 변해 사람이나
짐승에 달라붙어 종자를 번식시키기 때문에 도둑놈이란 이름이 붙었다. 꽃말은 '흥분'

버려진 신세

다시 중용될 날이 있을까나
인간 사회에서는 한 번 버려지면 영원히 끝장이라던데
왜 바다에서도
… … … …

참으로 알 수 없는 미운 인간아!

보름달

보름달은 하늘에만 있는 줄 알았더니
식당과 술집과 카페가 많고
빵과 떡 이름은 물론 하얀 도자기에도 등장하나 보더라

모진 세상이라고 하는데
요즘도 정월 대보름날과 추석엔 둥그런 보름달이 뜰까나!

맑은 날

하늘이 맑은 날엔 눈이 맑아지고
눈이 맑아지니 마음도 저절로 맑아진다
자세히 볼 수 있고 멀리도 보이고
시력 측정의 기회

우리 사회도 늘 맑은 날이었으면 좋겠다.

양아치

차라리 깡패나 조폭 노릇을 할 것이지
해녀 화장실 앞에서 뜯어 먹다니
에라이~

.

.

.

세금이 필요하다 보니 뭔 짓을 못 할까!

중대가리

중대가리나무는 구슬꽃나무로 바꿔주고
중대가리풀은 그냥 중대가리풀
불평등은 흔한 것

스님아, 스님아, 화내지 말아요
중대가리 소리 듣는 것도 수행이래요!

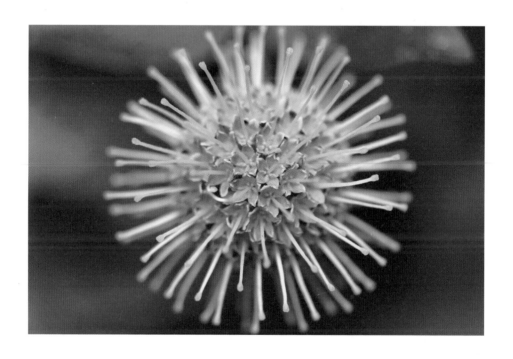

중대가리나무: 우리나라에 1종 1속밖에 없는 희귀하면서도 학술상 중요한 가치를 지닌 식
물로서 제주도 남쪽 산기슭에 분포한다. 꽃 모양이 스님의 머리를 닮아 중대가리나무라 불
리고 한자로는 승두목이라 하였는데 이름이 점잖지 못하다 하여 구슬꽃나무로 개명했지만
여러 자료에는 여전히 중대가리란 명칭으로 등록되어 있다. 한방에서는 줄기와 꽃을 사금자
라는 약제로 삼아 장염, 설사, 습진, 외상, 출혈 등에 사용했다고 한다. 꽃말은 '겸손'

옥색 치마저고리

옛날엔 평범했던 것이
이젠 아주 특별한 사례로 거론될 때
세월이라 했던가
… … … …

숨은 사연이 궁금하기만 하다.

〈제주도 서귀포시 성산읍 수산리 수산초등학교 교내에 있는 진안할망당〉

조선 초기 왜구의 침입을 방어하기 위해 수산진성을 쌓을 당시 성이 자꾸 무너지자 13세 소녀를 생매장한 후 공사를 하여 무너지지 않았기에 진성 안에 그 소녀를 위한 신당을 마련하였다고 한다. 그런데 공교롭게도 그 자리에 초등학교가 들어서게 되었기에 신당을 구석으로 교묘하게 숨겨 놓은 형상이 되어 있다.

바짝 붙어

하늘은 높고 바다는 넓어
날아다닐 공간은 충분하고도 넘치지만
물속의 먹이들도 기다리건만

어쩌랴 지금 당장은 추워
인고의 시간을 보내야 하는 존재로다.

똑바로 해라

끝까지 노려볼 것이다

제6부

정치

소귀에 경 읽기

정치인에게 사회적 윤리란 어떻고
도덕적 책임이란 어떻고
말해봐야 개뿔

… … … …

이젠 소가 웃는다고 하더라!

주낙의 대상

물고기가 많은 곳에서 미끼는 무엇을 쓸까
그것은 어부의 상식

중우정치라고 하던가
한 방에 많은 추종자를 낚기 위해서는
주낙과 루어를 쓴다고 하더라!

빨갱이 용어

빨갱이라고 하면 싫어하니
왜 그럴까

빨간 옷 입고 빨갱이가 되어 착한 일 많이 하면
빨갱이는 좋은 사람으로 바뀔 것인가
.
.
.
어째 아닐 것 같다!

목 잘린 사자

아무리 으르렁대봤자 이젠 소용없다
추한 꼴 안 당하려면
조용히 고개 숙인 채 반성하고 있어야 하건만
썩어도 준치

마지막 세포까지 갉아먹는 권력이 무섭구나!

〈예래생태공원에 있는 사자 조각상〉

제주도 서귀포시에는 예래동(猊來洞)이라는 곳이 있는데 마을을 바라다보는 군산이 사자의
형상을 닮아 '사자가 오는 마을'이라고도 하고, 군산 사자암에서 비롯되었다는 말도 있다.

깃발의 함성

일어나라
깃발이 오르면 북소리 울어대고
함성이 요란하면 피비린내 진동하고

선동의 뒤안길엔
허무한 내일만 남았노라!

돌호박 요리

호박죽도 맛이 있지만 가을엔 삶은 호박
돌 호박도 좋다면서 서로 먹으러 달려드는 힘 있는 자들
… … … …

주변엔 부서진 이빨 조각이 널려 있으니
취재 전쟁이로다.

뭐가 있는데

뭔데, 뭔데
호기심과 궁금증이 인간 사회를 발전시켰다
요즘엔 인터넷으로 쉽게 해결

.

.

.

다만 정치인 속내는 언제나 오리무중
곁에서 보면서도 모른다.

방파제

평화와 행복의 삶엔
분명 보호막이 있어야 했다
… … … …

그런데도 우린 늘 안전을 잊고 산다
나라의 방파제가 무엇인가를!

〈하늘에서 내려 다 본 제주항 외방파제〉

잘난 사람들

정치 때가 되면 등장하는 숱한 배역들
어중이떠중이도
하늘의 구름은 시시각각 변한다고 하는데

사격 연습장의
표적이 되고 싶은 사람들이 많이 있구나.

반동분자

지가 뭐 잘났다고 혼자서 옳은 소릴
… … … …

피라냐 떼들아 나서라
무조건 따르지 않는 자는
사정없이 달려들어 갈기갈기 찢어발기자!

* 피라냐: 남미 아마존강에 무리로 서식하는 길이 20~30cm의 물고기로 이빨이 강하고 성
질이 흉포하여 하천을 건너는 소나 양을 떼 지어 습격하고 뼈와 가죽만 남기고 살은 모두 먹
어 치우는 공포의 대상이다. 한 마리가 1년에 3~4천 개의 알을 낳아 세력을 키운다고 한다.

노려보고 있다

입발림 소리 하는 줄 다 안다
그렇게도 좋은 정책들이 많이 있었는데
지금까지 뭐 했나
… … … …

똑같은 놈들!

똑바로 해라
끝까지 노려볼 것이다
약속한 대로 지키나 안 지키나 말이다

꼭두각시놀음

인형극이 끝나고 나면
박수받을까 아니면 야유 소리 높을까

시키는 대로 했던 꼭두각시와
영혼이 있다며 무대를 뛰쳐나온 사나이

관객의 술렁이는 소리 이상타!

꼭두각시: 남의 조종에 놀아나는 사람을 말한다. 우리나라 고대 민속 인형극인 '박첨지 놀이'에서 박첨지의 아내 역으로서 '나무로 깎아 만들어 기괴한 탈을 씌워서 노는 젊은 색시 인형'을 꼭두각시라고 하였다. 여기서 '각시'는 '아내'를 일컫는 말이며 '꼭두'는 옛말에서 괴뢰(傀儡)의 얼굴, 즉 가면을 지칭하던 말이라고 한다. 따라서 꼭두각시는 '색시 인형'을 의미하지만 인형이 스스로 움직이지 못하고 반드시 뒤에서 조종하는 사람에 의해서만 동작을 할 수 있다는 데서 그 의미가 확대되어 시키는 대로 놀아나는 사람을 가리키는 말로 쓰이게 되었다.

독식과 공유

처음엔 독차지가 좋은 줄만 알고 욕심부렸는데
처절한 외로움과 불편함을 느끼곤
그제야 같이 살겠단다
… … … …

새 대가리보다 못한 인간은 없겠지!

한 입 거리

체한다
탈도 난다
한 번 껄떡대기 시작하면 약이 없다
… … … …

그래서 정치란 좋은 것!

뿔과 가시

말로만 방어용
정치권에서는 늘 남의 몸을 아프게 망쳐 놓고선
미안타
·
·
·
세상이 다 그런 거라나!

호자나무: 가시가 호랑이 같다고 이름이 붙었다고 하는 상록수로 열매에도 가시와 비교되
는 뿔 형태가 있다. 예전엔 이 나무의 가시로 종기를 딸 때 사용했다고 한다. 꽃말은 '공존'

시각차

호랑이냐 개냐

하룻강아지 범 무서운 줄 모른다고 했는데
잘 못 판단하면 큰일
… … … …

정치권엔 양 가면 쓴 미친개가 너무 많아!

인연의 줄

운명에 얽히고 숙명에 설키고
모두가 그렇게 살아가야 하는 사회가 되어서 그런가

줄이란 굵기도 하고 가늘기도 하고
질기면서도 약하기도 한 것

그래서 출세는 줄잡기가 최고라고 하더라!

엇박자

평양의 매스게임에서 이렇게 제멋대로였다면
당장 주~욱었다

.

.

.

박자 못 맞추는 기계가 인간 탓하니
바람이 웃는다.

성난 파도

범인은 정치인이었다
비단결같이 부드러운 수면이었는데
배를 뒤집고 바위를 부숴버리도록 선동하니
... ...

민심은 그리되었다.

봉황의 꿈

누구나 지위가 높아지고 싶고
누구나 엄청난 부자가 되고 싶기에
어릴 때의 큰 꿈은 희망과 용기를 주게 된다
.
.
.
그렇지만 다 커서 헛된 꿈을 꾸면 사고 난다.

안갯길 가노라면

성급하면 사고 난다. 무조건 조심조심

··· ··· ··· ···

그렇게 첨단기술을 자랑하면서도
박쥐의 초음파 능력조차 활용하지 못하는 주제에

갈수록 어두워지는 나라의 길을 어이하리!

저기 저쪽

그렇게 알려주었는데
아직도 가야 하는 길 동서남북을 모른다

.

.

.

더 위급한 상황에 닥쳐야만
비로소 깨달을까나!

수습 불가

네가 왜 거기서 나와
배가 터지면 창자가 나오는 법

… … … …

무너진 집은
완전히 허물고 새로 지어야 하느니라!

날씨가 왜 이래

오늘도 또 기상청만 욕먹을 것 같구나

변덕 심한 인간 사회 돌아가는 것도 예측하지 못하면서
일기예보만 탓하랴
… … … …

앞으론 정치도 예보해 보아라!

꿈을 곧 현실로 만들어 보고 싶은 그런 순간 없을까

바로 지금!

자연의 곡선

바람조차 저절로 굽이굽이 공손하게 지나치는 곳

미학이나 기하학으로 흉내 내려 하면
갓난아이 침 흘리는 수준
… … … …

그러나 인간은 부드러움에 대해 말이 없다!

윤슬

눈 한 번 깜박이고 나면 숫자가 달라진다
물비늘은 도대체 몇 개쯤 될까
… … … …

하늘의 별들이 왜 갑자기 바다에 들어가서
마음 설레게 하는고!

낮달

코로나 영향이 진하게 남아 있다 보니
이젠 주로 대낮에 마신다네
.
.
.
어쩌면 달도 같이 동조하고 싶은 마음인가 봐!

조용해진 바다

마냥 침묵만을 지키는 바다가 있을까
움직임을 멈춘 듯한 바다를 보면
기분이 묘해진다
… … … …

그래서 폭풍전야라는 말이 나왔겠지!

미세먼지

어떤 땐 파란 하늘을 잃어버리는데
우리나라에 소나무가 많아 늘 송홧가루 날려서 그럴까
방충망을 치면 막을 수 있다고 하는 헛소리

·

·

·

가서 돼지고기나 먹으란다.

추억 줍기

온전한 것도 있고 깨진 것도 있고
색깔도 다양
책상 서랍 속에 고이고이 간직해 놓았던 추억들

·

·

·

늙어서 거동이 불편할 때 보니 먼지더라!

가지 마

재미없어
무슨 반응이 있어야 같이 놀아 줄 터인데
신경도 안 쓰는 존재들
… … … …

갈매기 요리 식당이나 해볼까!

갯바위 돗자리

내 마음 놓고 왔나
다시 찾은 곳

깨끗이 청소해 놓은 바닷바람에게
혹시 버려진 추억 쪼가리 못 보았냐고 물어보는
빛바랜 청춘!

구름의 연기

연습은 실전처럼
실전은 연습처럼
.
.
.
아니
많은 사람에게 보여주기 위한 쇼일 뿐!

연못과 정자

작은 연못엔 꼭 정자가 있어야 하나
이젠 나그네도 없고
수면의 물고기도 왜가리도 너무 식상하다고 하지만
… … … …

앙꼬 없는 찐빵이 될까 봐!

자연과 인공

사람은 본래 자연산인데
그 사람이 어떤 행위를 하면 인공이 된다

자연이 좋다고 자연을 사랑한다고 하면서
먹고 자고 행동하는 것은 인공

자연과 인공의 경계선이 묘하다.

조용한 숲길

조용했던 숲길은 시끄러워졌다
이런 숲길 저런 숲길 명품에다가 최고 숲길
특히 주말엔 더 시끄럽다
… … … …

어쩌다가 숲길이 몸살을 앓아야 하나!

벼락수 물맞이

옷을 입고 씻어야 하나
벗어야 할까
몸을 깨끗이 하고 피부병을 치료한다는데
… … … …

답은 없다.

〈제주도의 물맞이 장소인 소정방폭포〉

물맞이: 병을 고치기 위해서나 건강한 여름을 보내기 위해서 약수나 폭포에서 몸을 씻는
풍속을 말한다. 기록에 의하면 유두날(음력 6월 15일) 동쪽으로 흐르는 물에 머리를 감아
부정한 것을 씻어 버리는 세시풍속이라고 하는데 보통 벼락수(폭포)를 맞으며 더위를 이기
고 신경통을 치료하기 위해서라고 한다. 지역에 따라서는 단오절(음력 5월 5일)이나 삼복날,
백중(음력 7월 15일), 처서(8월 말경)에 실시하기도 한다.

구름바다

왜 늘 먹고사는 문제만을 생각해야 할까나
그냥 그렇게 사는 우리네
… … … …

꿈을 곧 현실로 만들어 보고 싶은 그런 순간 없을까
바로 지금!

별을 세는 곳

별 하나 나 하나
별 둘 나 둘
별을 세다 보면 눈앞이 가물가물
90,003개(그만 세계)
·
·
·

하늘의 별은 있는 만큼 있다.

백사장

백씨 성을 가진 사장님
흑사장의 반대
지도에도 나오는 어느 항구 이름이라고 하던가

모래사장은 백사장
여름엔 늘 꿈과 낭만을 노래하고 싶다.

강렬한 태양 빛

덥다
아침부터 심한 더위가 느껴지는 날엔
어찌해야 할까나
… … … …

태양의 온도 조절 리모컨이 필요하도다!

석 양

하늘이 정육점 조명을 켜게 되면
술꾼은 안주 걱정
멀리 날아가는 새들이 비웃고 갈지라도

.

.

.

빛바랜 편지지가 생각나는 시간.

가을 하늘의 고민

하얀 구름 만들어 놓을까 말까
파란색의 채도는 어느 정도로 해야 하나
어떻게 하면 좀 더 높게 보일까

아니 그게 아니라
인간의 시력을 맑고 밝게 해주고 싶어서!

〈매년 들불축제가 열리는 새별오름의 능선〉

차가운 햇살

따뜻하고 포근해야 할 우리네 그런 상황도
시대와 시기에 따라 다른데
늦가을과 초겨울이 교차하는 순간의 햇살이 그렇다니
·
·
·
마음에 답이 있을 것 같다.

가을날의 마른 계곡

아주 고운 빛이 나오는 물감
수없이 많은 종류의 총천연색 고급 물감이 있어도
물이 없으면 풀어서 사용 못 하는데
그래도 어떻게 칠했다

신통방통한 자연의 능력!

습지 탐방로

생태계 보호가 우선일까

호기심 만족을 위한 접근성이 우선일까
사람들은 그냥 걷는다
.
.
.
목재의 수명이 짧은 게 문제!

추워지는 바닷가

바다는 왜 늘 같은 모습이 아닐까
조용히 잠자다가
갑자기 일어나 성내고 날뛰고 요란 떨다가
거품 물고 다시 쓰러지고

별걸 다 인간에게 배운 모양이다.

눈길 걷기

머릿속의 하얀 빈 노트에
무엇을 채워 넣을까
눈 위에 새겨진 발자국에서 역사를 찾을 수도 있으련만

.

.

.

역시 무념무상은 어렵다.

잘 키운 보람일까

알아서 컸을까

제8부

동·식물

노루 생각

보호 대상 어쩌고 하더니만
갑자기 천덕꾸러기 취급
그래 잡아먹어라

노루귀, 노루발, 노루오줌, 노루궁뎅이버섯
허가도 안 받고 멋대로 이름 도용

인간이란 참!

중심 잡아라

바람이 거세게 불어오는 곳에서 살고
모질고도 험난한 세파에 시달리는 존재라고 하니
중심 잡고 견뎌 내야 하느니라

·

·

·

그래서 많이 더 많이 먹어 놓아야 할까나!

궁 상

궁상떨지 마, 사는 게 다 그런 거여
실연당하는 것이
어찌 개에게만 있는 줄 아는가
.
.
.

힘내라!

한 수 지 도

짚신의 터럭 뽑기인데
아마 말을 해줘도 못 알아들을 것 같아

·

·

·

비엉~ 신, 세월이나 낚아라!

노루의 눈빛

슬픔을 가득 담은 것 같기도 하고
삼라만상의 진리를 이야기해 주는 듯한 느낌도 드는
보석의 반짝임
… … … …

노루가 웃긴다고 하진 않겠지!

싱크로나이즈

물속의 운동선수는
선천적으로 타고나는 것이 우선일까
연습과 훈련이 중요할까

울음고니에게 수중발레에 관해 물어보니
일단 물에 빠져 보란다.

울음고니: 휘파람고니라고도 하며 몸무게는 수컷 12kg, 암컷 10kg이고, 날개를 편 길이는
3m 정도로 고니류 중 가장 큰 편이라고 한다. 성숙한 개체는 날개가 흰색이고 부리와 다리
는 검은색이다. 유럽과 알래스카의 해안이나 하천에 서식하는데 제주도에서 잠시 산 적이
있다.

왜가리의 자세

영겁이 흘러가도 풀지 않는 정지 동작은
내공 수련 중
·
·
·
외다리로 선 채
회색빛 장삼 입고 댕기 머리 늘인 사연 있을까나!

의사소통

꼭 말을 해야만 아나
손짓 발짓 없어도 서로 통하는 사회
커뮤니케이션이란 어려운 용어 안 써도 된다
... ...

우린 서로 느끼니까!

공격의 이유

세상일 어찌 다 알 수가 있을까
그들만의 세계에서 분명 2:1로 몰아붙이는 이유 있을 터
그냥 못 본 척 지나가라네
·
·
·
간섭할 것이나 간섭해야지!

왕눈이 악단

눈이 커서 사물을 잘 보고
입도 커서 노랫소리가 멀리멀리 퍼지고 있다네
주제가 궁금

그런데 귀가 없어도
자기들 연주 음악이 제대로 되었는지 알 수 있을까나!

동상이몽

같이 산다고 정말로 서로 통할까
당연히 총론은 같을지 몰라도 각론은 다를 수 있다
특히 끼리끼리 정치인

·

·

·

평소엔 안 보이니 먹을 때 살펴봐야 할 것!

바닷가에서 스트레칭

쭈욱~~죽 늘려라
바닷바람이 유연성과 순발력을 도와주기도 하니
마음껏 요가를 즐길 수 있을까나
.
.
.

그런데 몸이 왜 점점 뻣뻣해져 가는고!

물그림자의 마술

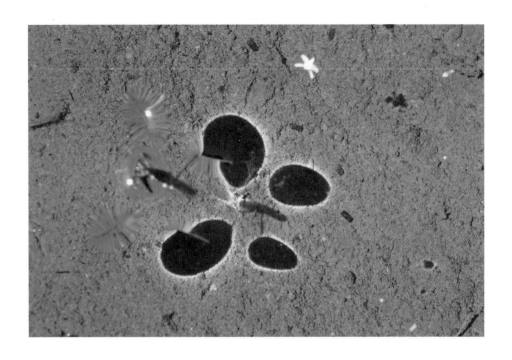

사실화가 전공이지만
가끔은 추상화나 초현실주의를 보여주긴 한다

그런데 모르던 부분이 나타나면
빛의 왜곡이니 마술이니 호들갑을 떨어대는
인간의 눈!

곧게 큰 나무

잘 키운 보람일까 알아서 컸을까
사람도 나무도 곧게 크기만을 바란다고 하면서도
이상하게 구부러진 기형목 찾아다니는 인간들
.
.
.
서운하기는 하다.

연잎의 연서

연잎이 몸에 좋다고 전해 주니까
연잎차, 연잎밥, 연잎떡, 연잎가루에 연잎굴비까지
물질만 따지는 인간들
… … … …

그게 아니고 사랑과 진리를 담았다네요!

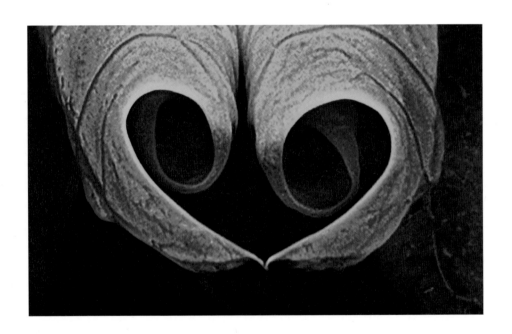

1. 연잎 효능: 체중 감량, 신진대사 촉진, 염증 개선, 산화 스트레스 감소, 심장 질환과 소화 기관 도움, 피부 질환 등 많은 분야에 좋다고 한다.
2. 부작용: 변비 및 설사 같은 위장 장애, 드물게 간 손상 등이 있을 수 있다.

일지매

예전 소설과 만화에 나왔었고
방송 드라마에도 등장했다고 하던가
그런데 지금은 어디 갔나

요즘엔 여기저기 매화나무가 너무 많아서
그런 거 안 통한단다.

발걸음 소리

가까이 다가올수록 온몸에 소름이 끼치며 바들바들
서서히 멀어지는 소리 들리면 깊은 한숨
수도 없이 반복되는 생사의 갈림길

·

·

·

그러면서 꽃 피우는 것이 개똥철학이라 하네요!

애기동백의 시련

폭설로 인한 고통
좀 더 아름답기 위해서는 참아야 하느니라
개뿔
·
·
·
인간들은 참으로 말장난을 잘한다.

붉은겨우살이의 삶

높은 곳 산다는 게 고상함 아닌데도
슬퍼라
인간의 장대 피해 더 높은 산 높은 나무로 올라간다네
… … … …

빨간 사리 토해내는 수행자!

붉은겨우살이: 높은 산에 있는 참나무, 팽나무, 자작나무, 밤나무 등지에서 기생하는 상록
활엽소관목인 겨우살이 종류 중 열매가 붉은색이고 한라산에서 자란다. 새 둥지 같은 모습
을 띠며 엽록소를 갖고 광합성을 하지만 영양분은 숙주에서 빼앗는다. 겨울철 열매가 새들
의 먹이가 되어 다른 나무로 씨가 퍼지기 때문에 주로 있는 곳에서만 볼 수 있다. 상기생,
기생목이란 한약명으로 고혈압, 신경통, 동맥경화 등에 중요 약재로 사용했고 현대에 들어
와서는 항암 효과에 관해 연구 중이라고 한다.

돌콩의 곡선

하늘하늘
작은 바람에도 흔들흔들
가늘고도 연약하게 태어났기에 터득한 지혜가 서러워

·

·

·

곡선의 미학을 함부로 논하지 말라!

돌에 핀 꽃

어리석다고 해도 좋아
꼭 필요한 물도 없고 흙도 없는 척박한 환경에서
지극 정성 하나가 있었기에
꽃을 피웠네

성공이란 다 그런 것!

수양매의 고충

매화의 상징은 절개와 지조라고 하는데
이리 휘청 저리 휘청
흔들리는 내 마음 나도 몰라라
...

태생만이 밉구나!

수양매: 능수버들처럼 가지가 축축 늘어지는 매화나무라고 하여 능수매 또는 능매라고도
하는데 정명은 아직도 정립되어 있지 않은 것 같은 매화의 한 종류다. 언제부터 개량된 종
자인지 확인이 되지 않고 있지만, 점차 재배되는 지역이 늘어간다고 한다. 절개를 지키지 못
하는 매화라고 할까 봐 "땅을 향하여 조용히 꽃을 피우는 겸손을 상징한다."라는 식으로
미화시키기도 한다.

달걀버섯의 가치

네로가 황금과 맞바꿔주었다는 달걀버섯
정말일까나
요정인 듯 여신인 듯 땅속에서 솟은 생명체
… … … …

신화를 먹고 사는 신비함의 상징이로다.

달걀버섯: 땅속에서 갓 나올 때는 백색의 알에 싸여 있으며, 성장하면서 상단의 외피막이
파열되면서 갓과 대가 나타난다. 갓의 지름은 5~20cm 정도로 초기에는 반구형이나 성장
하면서 편평하게 펴진다. 표면은 적색 또는 적황색이고, 둘레에 방사상의 선이 있다. 대의
길이는 10~20cm 정도이며, 원통형으로 위쪽이 다소 가늘고, 성장하면서 속이 빈다. 고대
로마 시대 네로 황제에게 달걀버섯을 진상하면 그 무게를 달아 같은 양의 황금을 하사했다
는 기록이 있다고 한다.

개살구 아닌데

겨울철의 나무에 달린 과일이 흔할까
씨가 커서 실속은 조금 없지만
존재의 가치는 충분한데
… … … …

먹을까 말까 망설이는 사람이 많은가 보다.

보리밥나무의 열매는 흔히 뽀리똥이라고 부르는 보리수나무 열매보다는 훨씬 크고 단맛이
많아서 먹기가 괜찮은 편이지만 씨가 커서 실속이 별로 없고 떫은 뒷맛도 남기기 때문에 빛
좋은 개살구라고 하면서 잘 먹지 않는 편이다.
그러나 겨울철에 크면서 익어가는 열매이기 때문에 그 존재감은 확실하다고 할 수 있다.

그냥 바라만 보고 있을 때가

최고일지도 모른다

제 9 부

돌

갯바위 된 여인

왜 바다를 등져야만 했나
도대체 무슨 사연이 있었더란 말인가
파도가 말해 줄래
바람이 말해 줄래

바닷속의 물고기는 더 깊숙이 들어간다.

달리고 싶다

마음은
해가 뜨는 저 지평선 끝에 가 있다
그렇게도 달리고 싶건만
·
·
·
갑자기 돌이 되어 움직이지 않는구나!

대형 마스크

너무 통쾌해

이제 입을 크게 벌리고 마음껏 웃어 보고 싶으니

조금은 큰 마스크가 필요할 것 같다

... ...

곰팡이 난 목청과 빠진 이빨은 감추어야 하니까!

따라 하기

모르면 배워야 하고
깨달았으면 실천해야 한다고 하지만
분수를 모르는 흉내 내기는
개그맨이나 하는 짓
·
·
·
남들이 비웃는 것은 알기 어렵다!

먹잇감

착각을 많이 하라
그래서 이빨이 다 부러지게 되면
… … … …

치과만이 즐겁다.

바다로

그냥 바라만 보고 있을 때가 최고일지도 모른다
막상 바닷속으로 들어가면
살아남기 위해 처절한 투쟁이 시작되어야 할 것
.
.
.
그래서 안 들어가는 거 아닌데!

바위 디자인

상업성과 예술성의 경계선에서
고뇌의 흔적
자연은 바위 붙잡고 혼자 울다가 웃다가

침일까
눈물 자국일까!

열병식

받들엇~ 총

기분은 좋다
서민이 언제 이런 대우 받아 보나

여기 오길 정말 잘했어!

선녀의 물고기 창고

옥황상제의 해산물 요리를 위해
싱싱한 재료를 보관하는 곳
… … … …

그런데 어느 날 물고기가 바닥이 나니
선녀가 울고 있네!

소천지: 서귀포시 보목동 바닷가에 있으며 갯바위에 둘러싸여 만들어진 작은 호수가 백두
산 천지 형태를 보여 소천지라는 이름이 붙었다. 물은 얕지만 눈 쌓인 한라산 반영 모습이
백미로 알려져 있는데 바람에 의한 물결로 사진 촬영이 어렵다.

수줍음

괜히 나서기 부끄러워
그렇다고 숨어서만 살고 싶지는 않은데
·
·
·

주변에서 응원해 줄 때 등장해볼까
짜자쟌~

심심해

잠깐 심심하다고 돌이 되어버리다니
달마대사는 벽만 바라보고
9년 동안 수행했다고 전해지는데.

·

·

·

벽이 특수 TV였을까!

안 들려

야 이놈들아~

.

.

.

뭐야
구해달라는 바보 천치 주제에 입이 걸다
그냥 못 들은 척 해버려!

암호 사용

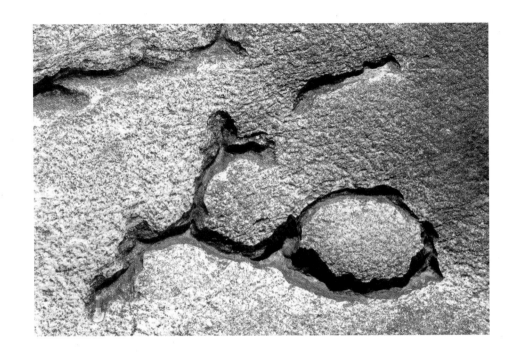

보는 순간 머리 아파진다
문자 없었던 고대시대의 단순한 소통 기호
이젠 걸핏하면 패스워드 아이디 비밀번호 요구하는 시대
.
.
.
어느새 늘 족쇄를 차고 있다.

어설픈 돌 반죽

빵을 만들던

전을 부치던

일단 반죽을 잘해야 하고

반죽을 잘하기 위해선 가루를 곱게 빻아서 섞어야 하건만

누가 이렇게 뒤죽박죽 해놓았나!

얼간이

아주 똑똑한 놈과 얼간이가 표 대결을 벌이면
누가 이길까

언론을 통해 훌륭한 인물로 알려져서 뽑았는데
가면을 벗으니 그가 얼간이였다면

머리 아프다.

좁은 문

"좁은 문으로 들어가기를 힘쓰라!"

웃기고 있네
아무리 넓은 바다가 펼쳐져 있어도
누구도 통과하기 불가능한 좁은 문을 지나야 한다면
그것은 그림의 떡.

참아라

한마디 하고 싶지
아무리 입이 근질근질하여도
쓴소리 알아듣질 못하는 사람에게는 개소리
··· ··· ··· ···

그럴 때 울화병의 치료제는 무엇일까!

촛대바위

촛불은 제를 올릴 때 켜야 하고
한 번 자리 잡으면 움직여서는 안 된다
그래서 필요한 촛대

이제는 무시되니 차라리 바위가 편하다.

턱 빠지게 웃는 날

가장 튼튼한 마스크를 준비해 두자

··· ··· ··· ···

그날이 언제일지는 모르지만

너무 크게 웃다가 진짜로 턱이 빠질지도 모르니까!

하품

너무 한심스러워서 나온 현상인데
졸리면 들어가서 자란다
그렇게도 모자란 인간들이 다스리는 세상
… … … …

정말로 하품 나온다.

무료한 시간

그 많던 사람 다 어디로 갔나
차마 눈 뜨고 봐주기 힘들던 진상조차도 보고 싶구나
꼴값 잘 떠는 인간들 구경하는 재미로 살아왔는데

.

.

.

아직도 전염병이 계속된다더냐!

서경덕과 황진이

유혹과 달관의 전설이 흐르니
쑥덕쑥덕
다 꾸며 낸 얘기겠지
.
.
.
사랑은 언제나 신비스럽다.

여의 고독

철저한 침묵의 시간 흐르고
명상의 한계점에서
아슬아슬한 균형이 비틀거리는 순간

·

·

·

혼자임을 깨닫는
특별한 누군가의 삶이 있었다.

여: 사방이 바다로 되어 있는 섬 중에서 사람이 사는 곳은 도(島)라 하고 사람이 살지 않는 섬은 서(嶼)라 하여 모든 섬을 도서(島嶼)라고 한다. 아주 작은 섬 아닌 바위섬 중 밀물 때 가끔 물에 잠기는 것은 여(礖)라 하고 계속 바닷속에 잠겨있는 바위는 초(礁, 암초)라고 한다.

눈물의 오해

돌이라고 눈물이 없을쏜가
돌도 슬플 땐 눈물 흘리며 울고 싶건만
돌아 버린 돌이라고 할까 걱정되네
… … … …

눈아! 눈아! 제발 녹지 말아라.

무슨 뜻을 전하고 있을까

그냥 상상이나 하시게!

제10부

추상

감질나는 암시

줄 듯 말 듯 한 표현
확실하게 알려 주면 재미없다고 했던가
디지털 시대의 맹점일까

.

.

.

마음은 마음으로 읽으라는 헛소리!

개념미술

어떤 땐 저딴 것도 예술이냐고 말하고 싶건만
차마 못 꺼내고 그냥 묻어 두네
… … … …

정신병자 같은 행동을 또라이 짓거리라고 지적하면
돼지가 웃겠지!

구름의 밀어

무슨 뜻을 전하고 있을까
남들이 알아들을 수 있으면 그건 밀어가 아니라네
.
.
.
그냥 상상이나 하시게!

길과 문

길로 건너갈 것인가
문으로 들어갈 것인가
모두 어려운 것이 인생의 고행길이라고 했는데
… … … …

가끔은 편안한 마음이 되고 싶다.

낙서 바다

깊은 바닷속을 헤치고 다니는 작은 배
의식의 흐름일까
낙서로 변한 암초와 해초와 물고기가 숲이 되는 곳

·

·

·

쉬었다 가라고 하는 것 같다.

선택

잘한 것 같기도 하고
아닌 것 같기도 하고
수많은 홈 중에서 어떻게 한 구멍을 선택했을까

기왕 자리 잡은 곳
여기를 내 집으로 받아들이고 꽃 피우리라!

마음 반영

내 마음 물에 비춰 보여 줄 수 있다면
진심을 전달하고 오해도 풀 수 있는데
마음을 비추는 그런 거울이라도 있으면 좋으련만

웃기네
차라리 술잔에 뜬 달이나 쳐다보아라.

먼 산의 아련함

너무 잘 보여주면 신비감이 떨어질까
개미가 느끼는 높이
·
·
·
멀리서 바라보아야 신화가 나온단다.

〈추자도 돈대산에서 바라본 한라산〉

문살의 흠집

살면서 모르는 게 약일 때가 많다
그런데 눈에 계속 보이니
신경이 쓰일 수밖에

그래서 내공의 수련이 어려운가 보다!

물로 엮은 그물

그대 마음을 잡아 놓고 싶어서
물의 정수를 뽑아 그물을 엮어 보았어요

너무 성글면 빠져나갈 것 같은 두려움도 있고
너무 촘촘하면 답답할 것 같았는데

손이 떨리다 보니 들쭉날쭉 되어버렸네요!

미지의 대상

무엇인가 잘 모를 때
공포심도 생겨나고 신앙도 만들어지는데
다 알면 재미없다고 하니

.

.

.

이제 정녕 신화와 전설은 숨어야만 하는가!

빈껍데기

비워야만 다시 채울 수 있다고 하여
다 비우고 보니
막상 채울 것이 없어져 버렸네

사랑은 비인 껍데기
인생도 빈껍데기.

빛의 벙커

빛이 있었다
빛이 있으니 그림자도 생기고
공간 속에서
빛과 그림자 움직이고 춤추고
… … … …

갇힌 세계의 살아있는 캔버스.

빛의 벙커: 제주도 성산읍에 있는 몰입형 미디어아트 전시장이다. 벙커는 본래 제주도에 비상시 전력을 공급하는 광케이블시설이었다가 폐쇄된 후 티모넷이란 업체에서 인수해 세계 유명 화가의 미술품을 영상과 음악을 종합한 디지털 작품으로 만들어 공연하고 있다. 2018년에 구스타프 클림트와 훈데르트바서의 작품을 전시했고 2022년부터는 빈센트 반 고흐와 폴 고갱의 강렬한 삶과 작품이 영상물로 상영되고 있는데 2~3년 주기로 세계 유명 화가의 그림이 바뀐다고 한다.

퇴역의 자리

할 일도 없고 점차 잊혀 가는 존재가 되었기에
이젠 흙으로 돌아가야 하건만
아직도 예비역에서 빼 주지 않고 용도 외로 써먹으려 하다니

.

.

.

인간이 미워라!

빛의 정체

정확한 모습을 그대로 반영시키기도 하고
왜곡된 현상으로 보여주기도 하고
빛 멋대로

보이기는 하는데 잡을 수는 없는 빛의 정체란
그 마음 알 수 없어라!

상징성과 추상성

조금은 알 수 있을 때도 있고
아주 완전히 모르는 경우도 많이 있지만
… … … …

무조건 고개를 끄덕이거나
그냥 감탄사를 내뱉으면 된다고 한다.

시체 발견

선무당이 사람 잡는다고 하였는데
예나 지금이나
어설픈 판단과 성급한 결론에 우는 것은 민초

.

.

.

나뭇가지를 나신으로 처리하다니!

궁금해

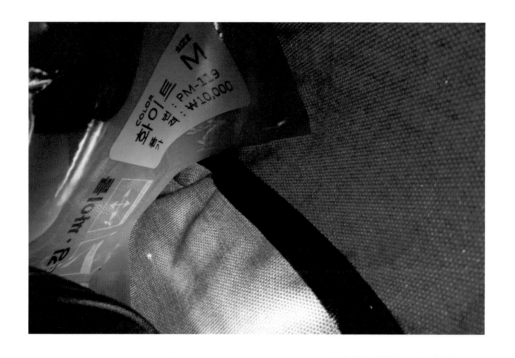

뭐지

알아야 할 특별한 이유도 없건만

어느 땐 조바심이 심해

주변 사람들을 피곤하게 할 때가 가끔 있단다

.

.

.

그냥 발 닦고 잠이나 자!

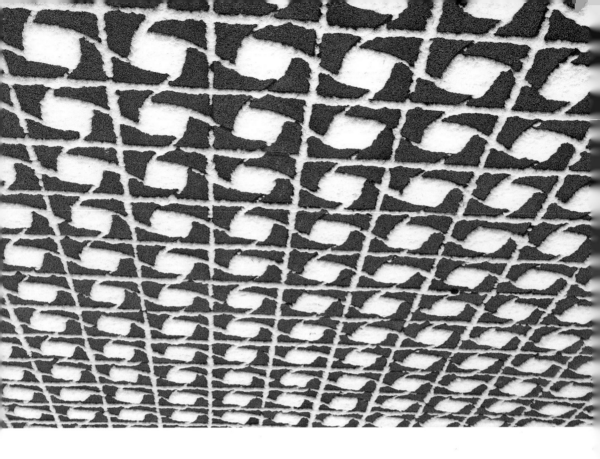

기하학의 응용

선이나 도형이 규칙적인가 아닌가는
시력의 차이일까
아니면 보는 사람의 마음에 좌우되는 것일까
.
.
.
어려운 것은 따지지 말고 살자!

이팝 상차럼

시커먼 보리밥은 고봉으로 담아도
언감생심
흰 쌀밥을 배 터지게 먹으랴
… … … …

아마 굿하는 날이겠지!

작은 행복

깨진 쌀독에 남아 있는 쌀은 눈물이 변해버린 축복
한 알씩 머금으며
어머님의 보릿고개를 상기해 본다네
·
·
·
정녕 그때가 언제였나!

추상화 그리기

참으로 쉽고도 어렵다
낙서냐 작품이냐의 차이는 보는 사람 마음이고
평가가 문제일 것
… … … …

무조건 혼이 들어가 있다고 하면 된다.

팔레트

여러 물감 갖추어 놓고
무슨 그림을 그려야 할까나
… … … …

채솟값 오르락내리락 막대그래프부터 그린 후
식당 주인 후 한 인심 뱃속에 그려 본다.

구름의 후회

열불 난다
아무리 배가 고파도 태양을 먹는 것은 아닌데
이미 삼켜버렸으니
… … … …
소화제는 무엇이 좋을까!

문제는 무엇이고 답은 또 무엇인가

보이는 것이 답이 아닌 세상

제주도

제주도에서의 다짐

제주도 여행 간 김에 단단한 다짐과 새 각오

제발 후회하지 말라

멋진 추억이 아름다운 인생이 되도록 노력

··· ··· ··· ··· ···

꼭 그렇게 되기를 바라노라!

귤림추색

찬란한 橘林의 빛은 언제나 아름다운데
秋色도 여전히 푸르건만
세월은 오히려 탁해져만 가는 세상
… … … …

감귤값이 더 걱정!

그 섬의 추억

주변 경치가 아름답고 물고기도 많았고
아주머니 정이 흐르는 소리

가보지도 않은 섬인데
웬 추억

다른 섬에서 너무 오래 갇혀 살았구나!

날씨가 맑고 시야가 넓게 펼쳐진 날에는 제주시 별도봉에서 북쪽을 바라볼 때 전라남도 남해안 지방의 여러 섬이 보인다. 가까이는 작은 바위섬도 있지만 조금 멀리 떨어진 곳에 있는 많은 사람들이 거주하는 보길도, 추자도, 여서도 등을 관찰할 수도 있다.

눈 녹은 물

높은 산의 눈이 녹기 시작하면
바위가 감격해 눈물 흘리고
그 눈물 마신 나무는
춤을 춘다

그래서 봄이 왔다고 하는 모양!

천지연폭포; 제주특별자치도 서귀포시 서홍동에 있는 폭포.
높이 22m, 너비 12m(물이 많을 때), 못의 깊이 20m. 조면질(粗面質) 안산암으로 이루어진
기암절벽에서 세찬 옥수가 떨어지는 경승지이다.

등대의 역할

여기저기 불 꺼진 등대
항구의 등대는 그냥 폼으로 세워놓았을까

등댓불을 밝히라고 했더니만
지는 태양만을 탓한다

등대지기는 다 어디로 갔는가!

항구의 등대(항로표지)는 적색과 흰색이 있는데 국제항로표지 규정상 바다에서 볼 때 오른쪽에는 홍색등(우현표지: 붉은색 외관의 등대)을 켜서 표지 왼쪽으로 입항하고, 왼쪽에는 녹색등(좌현표지: 흰색 외관의 등대)을 밝혀 오른쪽으로 입항하도록 되어 있다. 예전엔 등대마다 등대지기가 있어서 불을 밝혔으나 현대에 들어와 자동화되어 있다.

망망대해

길이 있기도 하고 없기도 하고
갈 곳은 있을까 없을까
무궁무진한 놀이터가 펼쳐져 있는데도
외롭다

이렇게도 작은 존재였던 말인가!

매화 만개

많으면 대우 못 받는다
봄이 되면 이런저런 꽃들이 수없이 피어나거늘
똥폼 잡지 마라
… … … …

일지매가 아~ 옛날이여!

매화: 예전에는 겨울에 다른 꽃들을 볼 수 없었다. 매화조차 아주 적었고 그렇기에 각종 미
사여구를 동원해 매화를 칭송하고 시인 묵객들은 주요 화제로 삼았다. 요즘엔 겨울에도 화
려한 꽃들이 셀 수 없이 많고 매화도 엄청나게 재배되고 있어 일순간 피고 지는 봄꽃으로만
인식되며 오히려 열매인 매실이 건강식품으로 대우받는다. 꽃말은 '고결, 기품'

물허벅

얼마나 무거웠을까
용천수가 있는 곳은 왜 그리도 멀었으며
땅바닥은 돌부리 채이고
등에선 출렁출렁 발걸음 재촉했는데

항아리에 물 부을 때 눈물도 들어갔다.

물허벅: 제주도는 물이 귀했고 길바닥엔 돌이 많고 바람도 거세어서 물동이를 머리에 이어
나르지 못하고 먼 거리에서 여자가 등짐으로 져서 물을 길어 왔다. 그래서 나온 것이 동이
를 바구니로 된 구덕에 넣어 밧줄로 묶은 물허벅이 되었고 용천수에서 물을 가져와 선 채로
손 하나 대지 않고 어깨 너머로 꺼꾸러지게 해서 항아리에 부어 넣음으로써 시간과 공력을
줄였다고 한다.

변별력

파란색은 다 파랗게 보인다면 빵점
물의 색깔이 다 같다고 해도 빵점

문제는 무엇이고 답은 또 무엇인가
보이는 것이 답이 아닌 세상

어렵다!

소천지: 백두산 천지의 모습을 축소해 놓은 듯한 서귀포시 해안가에 있는 특이한 화산암 지형

북촌 가는 길

무슨 음식 먹으러 갈까나
북촌엔 골목만 많아서 길 잃어버린다고 하던데
미리 정신 차려야 하겠지
… … … …

마을에 들어가기도 전에 겁이 나는 북촌!

북촌: 큰 동네의 북쪽에 자리 잡은 마을을 말하지만, 보통은 서울 종로 북쪽 특히 경복궁과 창덕궁 사이에 권세 있는 양반들이 모여 살았던 주택가를 의미한다. 그러나 행정구역으로는 우리나라에 3곳이 있는데 충남 부여군 홍산면 북촌리, 경남 함안군 함안면 북촌리, 제주시 조천읍 북촌리라고 한다. 그중 제주도의 북촌은 섬 북쪽에 있는 바닷가 마을로 신석기시대 유물이 발견되는 등 설촌의 역사가 오래되었고 일제 강점기 항일 유적과 4 3 사건 당시 희생자 유적지가 있는 등 역사적으로 중요한 곳이 되었다. 사진은 대섬에서 북촌으로 가는 바닷가 길.

사계절 공존

봄은 매화가 꽃을 피울 때 시작하여

여름철의 시원한 물
가을을 상징하는 붉은빛의 아름다운 열매
그리고 겨울의 설산까지

.

.

.

사계절이 동시에 공존하는 칠십리공원!

산포조어

갈치야, 왔느냐
놈팽이도 반갑다
산지천 앞바다에 촛불을 밝혔더니
온갖 여인도 어중이떠중이 다 모여드네

기회는 찬스로다!

산포조어(山浦釣魚): 영주 10경 중의 하나로 원래는 냇물인 산치천을 거슬러 올라오는 물고기를 잡는 모습을 그렸다고 하지만 지금은 야간에 제주항 앞바다(산지포구)의 집어등불을 밝힌 낚시 어선의 풍경을 상징한다고 한다.

시원해졌어요

공기가 달라요
물 온도도 많이 내려갔어요
열 받았던 우리 마음도 그랬으면 좋겠네요
.

.

.

어디로 청량한 바람이나 맞이하러 나가볼까요!

신작로

버스 오나 잘 봐
비둘기가 알려주는 소리도 잘 들어보고

.

.

.

그나저나 흙먼지 없어서 다행이다.

〈제주시 버스터미널 앞에 있는 조각작품〉

쓰레기냐 약재냐

껍데기는 가라
아니다
"버리면 쓰레기 쓰면 명약"이란 말이 바로 여기 있다

감귤 껍질의 마법 속에!

진피: 귤껍질 말린 한약재를 말한다. 색이 붉을수록 좋고 오래될수록 약효가 뛰어나다고 한다. 맛은 쓰고 성질은 따뜻한 것으로 분류되어 위장병에 주로 처방되었으나 현대에 들어와 여러 가지 약효가 제기되고 있다. 감기나 소화는 기본이고 항암작용과 더불어 콜레스테롤 저하, 혈당 조절, 간 해독, 입덧 해소 등에 좋다고 한다. 차와 향수로도 활용된다.

겨울철에만 볼 수 있는 제주도의 색다른 풍경 중 하나가 감귤 껍질 말리는 모습이다. 섬 동쪽에 자리한 서귀포시 성산읍 신천목장의 초지에는 겨울철만 되면 일정 기간 감귤(진피) 껍질 말리는 모습을 볼 수 있어 장관을 이룬다.

귀신이 사는 집

초가집은 가을이 되면 지붕을 새로 바꿔야 하는데
사용하지도 않는 집
허물어 버리고 싶건만 보존하라네

요즘 세상에도 귀신이 사는 집이 필요한가 봐!

이제 제주도에서도 옛날 초가집에 사는 사람은 없다. 실제 사람이 거주하는 초가집은 성읍 민속마을에 여러 가구가 있지만 지붕만 초가일 뿐 내부는 완전 현대식으로 개조하여 거주하고 있으며 지자체에서 그 집에서 살도록 지원금도 주고 가을이 되면 지붕도 매년 새로 바꿔준다.

그런데 어느 마을엔 아직 남아 있는 옛 초가집이 실제로 존재하기는 한데 살던 사람은 떠났음에도 집은 없애지 못하게 초가지붕을 간신히 유지한 채 내부도 그대로 보존시켜 놓고 있으나 관리는 안 되고 방치되어 귀신이 사는 집이 되어 있다고 한다.

제주도의 옛 동네

마실 가야 하는데
오늘은 누구네 집에서 모이는지 다시 한번 확인하면서
무슨 이야기가 오고 갈까 기대
·
·
·

그런 날이 다시 돌아올 수 있을까나!

이어도 사나

분명 돌아오실 거예요
좀 더 머~얼리
볼 수 있었으면 좋으련만
·

·

·

기다리는 마음!

* '이어도 사나'라는 말은 제주도 해녀의 노래 속에 등장한다. 제주도는 풍랑이 거세고 무수한 암초로 인해 고기잡이 나갔던 어부들이 상당수 돌아오지 못했다고 한다. 그래서 남자보다 여자가 많았고 여러 해녀들이 혼자 살았는데 돌아오지 않는 남자들이 "아름다운 여자들만 사는 이상향의 섬인 이어도에서 살기 때문"이라는 위로에서 노래가 나왔다고 한다.

작은 빌레못

인간의 몸은 물 없으면 단 1초도 못 산다
그 물은 어디서 왔을까
땅에 있는 물은 하늘이 주지 않으면 있을 수 없다
… … … …

그래서 바위는 그 빗물을 받아 놓고 기도한다.

* 빌레못: 빌레란 평평한 암반을 지칭하기에 움푹 파인 바위에 빗물이 고인 작은 연못을 빌
레못이라 불렀는데 빌레못의 물을 봉천수라 하였다. 봉천은 하늘을 떠받든다는 의미이지만
봉천수는 허드렛물이나 가축용으로 주로 사용하였다.

젊은 해녀

그땐 물속에 들어가면 돈이 춤을 추었었지
엊그제 같은데
육십갑자 지나고 나니 바다도 늙어 버렸어

곧 해녀는 박물관에서나 물질할 거야!

차귀도의 전설

햇볕에 바래면 역사가 되고
달빛에 물들면 설화가 된다고 했는데
석양빛과 월광을 동시에 받으면
무엇이 될까

차귀도에 가서 알아볼까나!

차귀도(遮歸島): 제주도 서남쪽에 있는 섬으로 면적 0.16㎢ 정도 되며 죽도(대섬), 와도, 지실이섬과 여러 크고 작은 바위로 구성되어 있다. 한때는 2~7가구가 거주한 적도 있다고 하는데 현재는 무인도로 죽도에 등대 시설만 있다. 차귀도 주변은 너울이 강하고 파도도 많으며 바닷속은 바위가 험해 물고기들도 많이 살지만, 어선 조난 등 사고가 많이 발생하는 곳이라고 하며 여러 가지 전설이 숨어 있다.

하멜 이름 팔기

하멜과 관련해서 진짜냐 아니냐는 상관이 없다
먼저 먹는 놈이 임자
세상 그런 일이 어디 한두 가진가

웃기지도 않네!

하멜의 표류 장소는 제주도 대정읍 신도2리 해안

그러나

하멜상선전시관과 하멜기념비는 안덕면 사계리 용머리해안에

하멜 등대와 하멜전시관은 여수에

하멜 도로와 하멜운동장은 강진에 있다.

하멜 이름의 횟집과 치킨집과 샤부샤부 식당과 카페는 여수시에 있고

하멜 빵집은 제주시에 있다.

하멜이란 기업은 서울시에 있고

하멜아트홀과 음악학원은 광주시에 있다.

헝겊 쪼가리

예전엔 작고 못 쓰는 헝겊 쪼가리가 소중했는데
구멍 나고 찢어진 곳엔
어머니의 눈물이 약이더라고 하는 말도 나오고

．

．

．

정녕 그런 때가 있었던가!

〈신혼부부들이 앉아서 사진 찍는 곳 – 금릉석물원 –〉

고개 아파

영감! 우리가 지은 죄는 무엇인가요
언제까지 이리해야 하나요

우리가 후손을 많이 두지 않아서 그래
자손이 번성하기만을 기다리자고

신혼부부에게 어찌해주면 애를 많이 낳을까요!

거리가 멀까

소리가 작아서일까

기
타

봄날 습지 탐사

인간의 생로병사는 필연으로 받아들이면서

생태계 유지니 환경 보전이니

편한 용어를 사용하며

자연의 자연스러운 변화를 막아 보려는 안간힘

.

.

.

그래도 모든 것은 다 변한다.

시원한 여름

마음속에 묶은 때가 너무 많이 끼었고
더워서 땀까지 난다면
어디로 가야 시원하고도 깨끗하게 쓸고 닦아줄까요
… … … …

그런 곳 찾아가고 싶어라!

유 시집 ⑤

가을 햇살

늘 좋은 날이라면 마냥 좋겠지요

모진 바람, 험한 파도, 폭우, 그런 말 없고
전염병, 전쟁, 폭행, 내로남불, 그런 단어 없으면 좋겠어요
… … … …

올가을엔 기대해 볼까요!

겨울 벤치

외로울까
버려졌다고 생각하지는 않을까
참을 수 있다네

기~인 기다림의 철학을 배우는 시간!

유리호프스: 겨울철의 산책길에도 노란 꽃이 보이는데 유리홉스라고도 불리며 아프리카가
원산지이고 봄에 꽃을 피운다고 하지만 여름에도 가을에도 추운 겨울철에도 꽃을 볼 수 있
으니 속내를 알 수 없다고 한다.

들리는 듯

거리가 멀까
소리가 작아서일까
들릴 듯 말 듯 아련한 그대 목소리가 좋았는데
·
·
·
무선통신 미워라!

하얀 원

정월 대보름날인 줄 아침엔 귀밝이술이 우선
그다음 부럼(안주)을 깨고 오곡밥과 나물 먹기
전날 먹은 술이 안 깼구나
·
·
·

하얀 원이 보이니 정신이 돌아
낮인지 밤인지 분간 못 하는 사람들 천지로다!

똑딱이 촬영

칭찬 반 그리고 비하 반
콤팩트 카메라의 짧았던 영화
… … … …

폰카로 인해 이젠 장롱 속에 깊숙이 숨어 버린
계륵의 신세!

똑딱이 카메라: 휴대폰으로 사진을 찍기 이전에는 작은 콤팩트 카메라를 똑딱이라고 불렀
다. 보통 DSLR 카메라가 무거운 편이라서 상대적으로 휴대하기 편한 작은 것을 상징하여
붙은 이름으로 디지털카메라가 나온 이후 손바닥에 들어올 정도의 작은 카메라가 인기가
높았다. 2015년 이후부터는 스마트폰에 밀려 장롱 속으로 들어간 상태라 할 수 있다.

맑은 물

피도 되고 술도 되는 깨끗한 물이 있다 하여
돌고 또 돌아서 찾아간 어느 계곡
마음을 비춰보고 싶은 생각이 간절하다만
부끄러운 얼굴이 나올까 두려워
.
.
.
멀리서 맴돌기만 한다네!

부족한 것

그만하면 풍족한 줄 알면 되거늘
더 채우려 하는 욕심

… … … …

돼지나 인간이나
부족함에 마침표 찍기가 참으로 어렵다.

살얼음판 걷기

먼저 알아차릴 수 있고
대개 얕은 곳에서 살얼음이 생기기에
얼음이 깨질지라도 빠져 죽지는 않는다

.

.

.

문제는 겁먹는 마음!

인당수

치성을 드릴 때 떠 놓고 비는 정화수일까나
대접에 피어난 연꽃 한 송이처럼
간절히 바라면 이루어지는 반전의 바다 이야기

파도는 아무 말이 없다.

어디로

갈 곳 뻔한 인간의 길
입맛이 쓰다

·
·
·

그래서 가끔은 길을 헤매고 싶은 것이
나그네의 맘!

왜 안 나가지

제값 다 주고 샀는데 불량품인가 봐

제기랄

．

．

．

그래도 좀 더 기다려보지 뭐!

월광곡

그 사람도 저 달을 보고 있을 거야
어쩌다가 강제로 격리되어 그리워해야만 하다니
세상이 왜 이리 아파야 하나
… … … …

저 달에는 코로나가 없겠지!

자연의 누드

눈으로 보지 말고 귀로 들으라면 고문
원초적인 아름다움은
오감으로 느껴야 한다고 하지만

가장 우선은 곁눈질일지도 모른다.

용눈이오름: 해발 247.8m, 높이 88m, 둘레 2,685m, 면적 40만 4264㎡이다. 송당에서
성산쪽으로 가는 중산간도로(16번 국도) 3㎞ 지점에 있다. 복합형 화산체로, 정상에 원형분
화구 3개가 연이어 있고 그 안에는 동서쪽으로 조금 트인 타원형의 분화구가 있다. 전체적
으로 산체가 동사면 쪽으로 얕게 벌어진 말굽형 화구를 이룬다. 예전엔 말을 방목하여 나
무가 없음에 따라 여체의 곡선과 같은 부드러운 능선을 보여주었으나 현재는 나무가 많고
산책로 조성과 훼손으로 인해 사진 같은 아름다운 모습은 볼 수 없다.

멀리 버려

한때는 애지중지했었다

인생이란 그런 것인가
쓰다가 아주 멀리 버려 버리는 것
.
.
.
세상이 왜 이래!

재활용의 시각

쓰던 물건을 다시 쓰면 재사용

한 번 사용한 물품을 재가공 처리하게 되면 재활용

새로운 가치를 만들어 내면 새활용

사람도 그럴까

해당할 수도 있고 아닐 수도 있다.

전화위복

태풍으로 깨지고 부서지고 더러워지고
맘고생 돈 걱정 지대하건만
그래서 새집과 새 동네 그리고 대청소

.

.

.

나중엔 더 살기 좋아지더라!

돌 대포

대포가 돌이라면 포탄도 돌이겠지
화약은 무엇이고 얼마나 날아갈까 궁금하다

·

·

·

그런데 대포란 허풍과 거짓말이라고 하니.
날아가는 탄환은 당연히 뻥!

커플 캡

"빠숑이 뭐 따로 이수꽈."
하늘이 챙겨 준
늙은이의 멋
… … … …

애들아 웃지 마라잉!

큰 입

입이 큰 사람은 많이 먹을까
노래를 잘할까
사람의 몸에서 크기와 모양을 마음대로 조절할 수 있는 유일한 곳
관상학에서는 큰 입이 좋다고 한다

그러나 큰 마스크 마련이 문제!

〈추자도에 있는 굴비 상징 조각품〉

불편한 자리

인간 위해 한평생 봉사했다는 명예와 긍지가
있을까 없을까
인정받던 그 시절은 잊어야 하건만
… … … …

어째 물러난 자리가 좀 불편하다.

상징물

작품이 무엇인가 잘 이해가 가지 않을 때는
설명이 필요할 것 같은데
… … … …

저게 뭐라고
인간들은 참 이상하기도 하다.

떠나야 할 시간

앞서거니 뒤서거니
때가 되어 떠나야만 하기에
가는 곳 상관없이 미련 버리고 집 나서야 한다
.
.
.
이별 후엔 자유며
능력 발휘를 할 수 있는 새로운 도전이란다.

찾아보기

유유

(본명: 劉載鎭)

2008 시집 『선시 습작노트』 출간

2011 에세이 시집 『바람의 개똥철학』 출간

2013 야생화 시사집 『꽃 이름 물어보았네』 출간

2014 희곡 『잊을 수 없는 시간』 발표 및 연극 공연

2017 시조집 『걷다가 쉬다가』 (제주도의 길과 정자) 출간

2017 한국문학신문 문학대상 수상

2018 한국보문인협회 작품대상 수상

2019 야생화 시사집 『꽃 노래』 출간

2020 예술가곡 「꿈속의 한라산」 작시 발표(국현 작곡, 바리톤 송기창)

2021 예술가곡 「편지지」 작시 발표(조용진 작곡, 바리톤 양진원)

2021 황순원 기념문학회 디카시 공모상 수상

2022 코로나 시대의 디카시집 『역경』 출간

2022 노랫말 시집 『자연의 합창』 출간

2022 예술가곡 「그 나무」 작시 발표(전경숙 작곡, 남양주시립합창단)

2023 제1회 디카단시조문학상 2월 장원(강원시조시인협회)

2023 디카시조집 『제주도 돌에게 배운다』 출간

2024 사진시집 『보고 느낀 이야기』 출간

현 (사)한국문인협회 회원

(사)한국사진작가협회 회원

(사)국제PEN한국본부 이사

보고 느낀 이야기

펴 낸 날   2024년 3월 4일

지 은 이   유재진(유유)
펴 낸 이   이기성
기획편집   이지희, 윤가영, 서해주
표지디자인   이지희
책임마케팅   강보현, 김성욱
펴 낸 곳   도서출판 생각나눔
출판등록   제 2018-000288호
주   소   경기 고양시 덕양구 청초로 66, 덕은리버워크 B동 1708호, 1709호
전   화   02-325-5100
팩   스   02-325-5101
홈페이지   www. 생각나눔.kr
이 메 일   bookmain@think-book.com

• 책값   20,000 원
  ISBN 979-11-7048-662-6(03810)

Copyright ⓒ 2024 by 유재진 All rights reserved.
· 이 책은 저작권법에 따라 보호받는 저작물이므로 무단전재와 복제를 금지합니다.
· 잘못된 책은 구입하신 곳에서 바꾸어 드립니다.